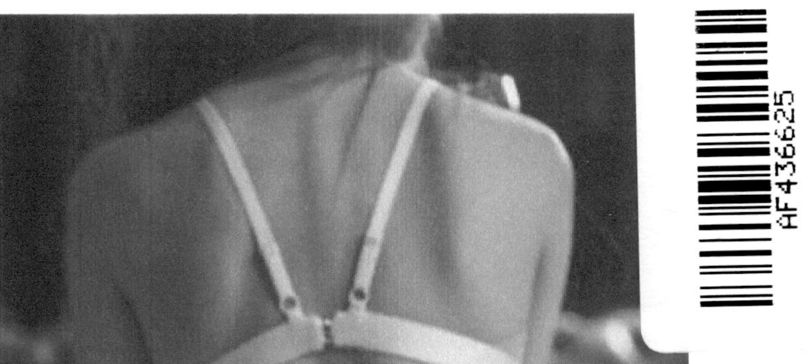

Susan dominieren
Erster Teil
Susan dominieren Vol. 1 bis 5
Erika Sanders

Titel
Susan dominieren
Erster Teil
(Erotische Herrschaft)
Von
Erika Sanders
Serie
Susan dominieren Vol. 1 bis 5

Zusammenfassung

Susan geht nach Abschluss des Studiums zu ihrem ersten Job, einem Job, der von einem Freund der Familie, Robert, angeboten wird, der immer einen besonderen Wunsch nach der Tochter seines Freundes hatte.

Dieser besondere Wunsch ist es, Susan unter seine Herrschaft zu bringen ...

Diese Veröffentlichung enthält die ersten fünf Bände der Reihe, eine Reihe von BDSM mit stark erotischem Inhalt, in denen ich die Abenteuer von Susan in seiner Facette der Unterwerfung erzähle.

Hochwertige romantische und erotische BDSM-Romane.

Es enthält die folgenden Bände:

1 – Der neue job

2 – Die regeln

3 – Das neue spielzeug

4 – Der raum der strafen

5 – Treffen mit den meistern

Anmerkung zum Autorin:

Erika Sanders ist eine international renommierte Schriftstellerin, die in mehr als zwanzig Sprachen übersetzt wurde und ihre erotischsten Schriften, weit entfernt von ihrer üblichen Prosa, mit ihrem Mädchennamen signiert.

Index:

SUSAN DOMINIEREN
ERSTER TEIL
(EROTISCHE DOMINATION)
VON
ERIKA SANDERS

VORWORT

Robert ist ein reifer, erfolgreicher Geschäftsmann, verheiratet und hat einen Sohn im gleichen Alter wie Susan.

Ihre Familien sind seit vielen Jahren enge Freunde und er hatte beobachtet, wie sie zu einer schönen jungen Frau heranwuchs.

Er hatte dem Mädchen gegenüber immer eine offene Freundschaft gezeigt und sie im Laufe der Jahre auf seine Vorliebe für sie aufmerksam gemacht.

Insgeheim verbargen seine freundschaftliche Beziehung und seine Zuneigung zu dem Mädchen seine vielen dunklen Wünsche, ohne die Chance zu haben, sie wahr werden zu lassen.

Ihre völlige Unterwerfung unter ihn war der einzige Traum in ihren dunkelsten Gedanken, und einer, den sie sich wünschte, würde wahr werden.

Susan ist ein Mädchen, das gerade seinen Abschluss gemacht hat, einen Abschluss in Betriebswirtschaft hat und die Welt unbedingt erleben möchte.

Kurz vor dem Beginn seines ersten richtigen Jobs, einer Stelle, die Robert, ein Freund der Familie, aus Respekt vor seinem Vater und Anerkennung seiner Fähigkeiten angeboten hat.

Aber auch, ohne dass sie es wusste, angeheizt von seinem Wunsch, sie zu besitzen.

Sie ist ein nettes, sinnliches, aber süßes Mädchen, das seit ihrem ersten Studienjahr denselben Freund hat, Peter.

Sie sind Abenteurer, aber sie stören niemals ihre Welt.

Sie weiß, was sie will oder glaubt zu wissen, aber sie ist wirklich sehr gehorsam darin, sich von anderen durch die Wege ihres Lebens führen zu lassen.

DER NEUE JOB

Er steht vor dem Gebäude und starrt auf die Glas- und Stahlfassade.

Beobachten Sie alle gepflegten und eiligen Männer und Frauen, die den Eingang betreten und verlassen.

Sie schaut auf ihren eigenen kurzen Rockanzug, nimmt ihr Tempo auf und tritt ein.

Sie fühlt sich klein und ein bisschen eingeschüchtert von Männern, die über ihren sechs Fuß fünf ragen, als sie in den Aufzug steigt und das Geschäft ihres neuen Arbeitgebers betritt.

Als sie sich umschaut, sieht sie ihn an der Rezeption mit einer bombenschalenblonden Frau sprechen und kokett kichern. Sein Lächeln leuchtet auf seinem Gesicht, als er sich zu ihr umdreht.

Sie errötet, ohne zu wissen warum und geht mit ihren Absätzen auf den Fliesenboden zu.

Sein Arm umgibt ihre Schultern schützend, als er sie dem Mädchen am Schreibtisch vorstellt.

"Anne, das ist meine kleine Susy!"

Sie errötet, richtet sich dann auf und streckt ihre Hand aus.

"Hallo, eigentlich heiße ich Susan, schön dich kennenzulernen."

Er leitet sie mit seiner ständigen Hand auf ihrer Schulter zu verschiedenen Abteilungen und anderen Führungskräften.

Er stellt sie als Susan vor, für die sie dankbar ist und die ihre besten Wege in dieser Welt großer Rivalität einschlagen will.

Sie bleibt den ganzen Morgen in seiner Nähe und versucht, sich eine Vielzahl von Namen zu merken, bevor er sie schließlich zu seiner Bürosuite führt.

Er zeigt ihr den Schreibtisch im Vorraum, der ihm die meiste Zeit hier sein wird.

Sie steckt ihre Handtasche weg und fährt mit den Fingern sanft über die ausgewählten Möbel.

Sie wird in sein Büro geführt, wo er auf die opulenten dunklen Möbel zeigt, alles aus Leder und Mahagoni.

"Und hier arbeite ich."

Er verlässt ihre Seite zum ersten Mal und setzt sich an seinen Schreibtisch.

Sie fühlt sich seltsam einsam in diesem großen Büro vor ihm.

Er nimmt einige Schlüssel und spricht weiter:

"Auf der linken Seite, hinter dem Aufenthaltsraum, befindet sich eine Tür zu einer kleinen Küche. Dies unterhält häufig Kunden. Der Bar-Kühlschrank sollte immer mit dem gefüllt sein, was auf der Liste steht, und es gibt auch eine Speisekarte Sie müssen lernen, alle Gerichte zu kochen, falls der Koch nicht verfügbar ist. Ich werde es in Ihr Trainingsprogramm aufnehmen. "

Er war schnell hinter ihr hergegangen und hatte sie zur Tür geschoben und geöffnet.

Mit großen Augen und voller Ehrfurcht vor der Größe des Unternehmens und den Büros, die es besaß, kann sie nur dumm nicken.

"Das wird so sein."

"Ja, Sir", sagt er mit einem Lächeln, aber die Strenge seiner Stimme erschüttert sie.

"Jawohl ". Sie antwortet automatisch.

Er nimmt sie am Arm, verlässt die Küche und führt sie in ein anderes Schlafzimmer mit der Tür an derselben Wand.

"Und das ist mein privates Badezimmer, du kannst es benutzen, aber nur mit meiner Erlaubnis, verstehst du Susy?"

Sie nickt wieder wortlos über die Opulenz dieses Badezimmers und erholt sich, als sie spürt, wie er sich versteift und plappert:

"Jawohl".

Er lächelt über ihren Gehorsam.

"Sie werden die Toilette des Angestellten im Flur benutzen, wenn Sie Bedürfnisse haben und ich nicht hier bin."

Sie ist diesmal schneller.

"Jawohl".

Auf der anderen Seite des Raumes zwei ähnliche Schlafzimmer mit Türen, die er Ihnen zeigt.

"Dies ist ein privater Besprechungsraum", sie blickt schnell, als er sie wegstürzt, "... und hier ruhe ich mich aus, wenn ich die Nacht in der Stadt verbringen muss."

Der Raum war dunkel und ein großes Himmelbett und seltsame Bänke ragten in dem großen Raum auf.

Er hatte kaum Zeit, es zu fühlen, bevor er die Tür schloss.

Er bringt sie zurück zu seinem Schreibtisch, schaltet den Computer ein und zeigt ihren persönlichen Nachrichtendienst von seinem Büro zu seinem Computer, der immer eingeschaltet und geöffnet sein sollte.

Er ist zufrieden mit dem passenden "Ja, Sir" zum richtigen Zeitpunkt und seiner natürlichen Neigung, hilfreich zu sein, und lässt sie auf dem Schreibtisch liegen, um sich mit seiner neuen Umgebung vertraut zu machen.

Er testet ihre Aufmerksamkeit, indem er ihr kleine Sofortnachrichten sendet und lächelt über ihre sofortigen Antworten, während sie die Aufgaben und die verschiedenen Zeiten liest, über die sie sich an ihrem Schreibtisch beschwert hat.

DIE WIRKLICHE BESETZUNG

Er war geduldig und freundlich, als sie ihren neuen Job in seiner Firma kennenlernte.

Er sprach oft über den Instant Messaging-Bildschirm mit ihr, wenn sie nicht in Besprechungen oder außerhalb des Unternehmens war, und fragte sie nach ihrer Familie, Freunden, wie die Dinge mit ihrem Freund liefen, damit sie sich wie sie fühlte Sie sehen Ihre Liebe und Ihr echtes Interesse an ihrem Leben.

Während der arbeitsreichen ersten Wochen seiner Ausbildung nahm er sich die Zeit, sich mit ihr zu beraten und gegebenenfalls ihren Zeitplan anzupassen, um ihr Mentor, ihre Freundin und manchmal eine strenge Vaterfigur zu werden.

Er scherzte mit ihr, spielte Spiele und plauderte liebenswürdig.

Die Gespräche wurden mit der Zeit immer vertrauter.

Sie spielten oft Wahrheit oder Pflicht am Computer, und im Spiel wurden ihre Fragen persönlicher und direkter.

Dann machte er eine Pause, während er seine letzte Antwort las.

Er hatte erwartet, dass so etwas passieren würde, aber nie wirklich erwartet, dass es passieren würde.

Hier spielte er die Wahrheit und hier war die Chance, sich wieder mit ihr zu trauen.

Sie hat immer die Wahrheit gewählt ... und sie hat nur gestanden, dass ihr Freund sie verprügelt hat und dass sie es mochte.

Damit würde er beginnen, seinen Traum zu verwirklichen.

Sie wusste, dass sie das wahrscheinlich nie wieder mit ihm spielen würde, und zog sich fast zurück, weil sie dachte, sie wollte aufhören oder schlimmer noch, jemandem in der Firma und dann ihrer Familie davon erzählen.

Er musste jedoch weitermachen.

Sein lang gehegter Wunsch trieb ihn an und er begann zu schreiben.

Sie hatte es nicht gewagt, aber er schrieb weiter ...

* * *

"Ich wage dich, mich dich verprügeln zu lassen, Susy."

Sie starrte, konnte nicht glauben, was sie las.

Sie war ihm nahe gekommen, hatte ihn und die Art, wie er sich um sie kümmerte, verehrt und ihr das Gefühl gegeben, etwas Besonderes zu sein, fast so, als wäre sie ihr Vater.

Vielleicht scherzte er wieder mit ihr und glaubte nicht, was sie ihm über ihr Date in der Nacht zuvor erzählt hatte.

Ihre Gedanken rasten bei dem Gedanken, wie sie sich von ihrem Freund verprügelt gefühlt hatte, und sie wand sich auf ihrem Sitz, als ihr klar wurde, dass sie antworten musste.

Er starrte mit leerem Nachrichtenfeld auf den Bildschirm und wartete auf seine Antwort.

* * *

Er fing an auszuflippen, aber dann sah er, dass sie schrieb.

Sein Herz schlug schnell und er geriet in Panik, bevor er endlich sah, was sie schrieb.

"Jawohl."

Sie tippte schnell und drängte sie und ihr Glück zu handeln:

"Dann betreten Sie mein Büro und schließen Sie die Tür. Wenn Sie mein Büro betreten, werden Sie alle meine Befehle befolgen, Sie werden auf meinem Schoß liegen, ohne zu sprechen, und Sie werden sich meiner Prügel unterwerfen."

* * *

Sie blinzelte bei seiner Antwort.

Dieses Spiel wurde ernst, aber es war nur ein Spiel, oder?

Testete er sie?

Soll ich zurück gehen?

Sie waren beide aus ihren eigenen Gründen nervös und angespannt und klebten am Computerbildschirm.

Sie wollte nicht die erste sein, die sich zurückzog und sich von ihm ärgern ließ.

Sie schrieb:

"Jawohl".

* * *

"Dann komm in mein Büro, Susy, und mach die Tür zu."

Es gab keine Antwort, aber sie eilte in ihr Büro und schloss die Tür wie ein verängstigtes Kaninchen, ungläubig über das, was sie gerade akzeptiert hatte, und dachte, dass er immer noch mit ihr spielte.

Er saß scheinbar teilnahmslos da, als sein Körper nach ihr schmerzte und ihre Angst, Verwirrung und die Hitze in seinen Augen sah, die sie am Laufen hielt.

"Mein Schoß wartet"

Sie trat einen Schritt vor und er hob seine Hand und blieb mitten im Schritt stehen.

"Du hast zugestimmt, mir zu gehorchen, wenn ich diesen Raum betrete, nicht wahr?"

Sichtbar zitternd flüsterte sie:

"Jawohl".

Er zeigte auf den Boden, er wurde ermutigt und er knurrte,

"Krieche auf mich zu."

Er beobachtete, wie die Emotionen auf ihrem Gesicht spielten, Widerwillen, Angst, Angst, Aufregung und schließlich Unterwerfung.

Er stieß den Atem aus, den er anhielt, als er sah, wie der Beginn seines Traums wahr wurde. Ihr kleiner Körper fiel auf ihre Knie und dann in seine Hände, als sie auf ihn zukroch.

Er spürte, wie sein Schwanz bei ihrem Anblick zuckte.

Es war sein letztes, wenn auch nur für diesen Nachmittag.

***

Sie konnte nicht glauben, dass sie das tat, dieser Mann, von dem sie ihr ganzes Leben lang gewusst hatte, dass er sie wirklich verprügeln würde.

Das Spiel war zu weit gegangen, aber warum stoppte er es nicht?

Sie erkennt, dass sie ihn wollte!

Oh Gott, wollte sie ihn?

War etwas mit ihr nicht in Ordnung?

Warum fühlte es sich so an?

Ihre Augen richteten sich auf ihren starken Körper in ihrem großen Stuhl, als sie ihre Füße erreichte und wie eine Schlange rutschte, die sie auf seinem Schoß bewegte.

Er wusste, dass es falsch war, aber er konnte nichts dagegen tun.

Ohne Worte, ohne Diskussion, ohne sie dafür zu streicheln, dass sie ein gutes Mädchen ist, schlug seine Hand hart in ihren Arsch und sie quietschte.

***

Er sah den schönen Engel an, der auf ihn zukroch. Seine Gedanken wanderten zu den dunkelsten Orten und mussten sich zurückziehen, so jung und beeindruckbar, dass er seinen Wert nicht erkannte.

Er benutzte all seine Willenskraft, um teilnahmslos zu bleiben, als sie auf seinen Schoß rutschte. Sicher, er kann diese Härte in ihrem Bauch spüren, als er ihren Rock anhebt, einen rosa Tanga enthüllt, seine Hand hebt und sie mit aller Kraft schlägt. .

Wenn auch nur einmal, er hat es genossen.

Beobachten Sie, wie sich ihre angespannten Muskeln unter dem Angriff kräuseln und ihre Handabdrücke auf ihrer weißen Haut rot leuchten.

Sie quietscht und schnappt nach Luft:

"Ohhhhh thatooo hurtsleeeee".

Sie quietscht und dreht ihre Beine, während er sie wieder tief peitscht.

* * *

Sie verliert den Überblick über die Prügel, als der Schmerz ihren kleinen Körper füllt und sie wärmt.

Sie bemerkt die Hitze, die in ihrer kleinen Muschi beginnt und die Nässe an ihren Schenkeln, als er sie peitscht.

Verloren in seiner Wärme und dem Bedürfnis zu schreien, strichen kleine Tränen über ihre Wangen.

* * *

Seine Hand wird taub, als er sie hart peitscht und die Verspannungen ihrer harten Muskeln, ihre Schreie und Bitten genießt, damit sie aufhört, ihn zu verprügeln, während er ihren kleinen Arsch knallrot malt.

Er bleibt stehen, als er sieht, wie sie unglaublich nass zwischen seinen Beinen ist und ihr kleiner Körper auf seinem Schoß zuckt.

* * *

Ihre Gedanken waren in der Kraft dieses Mannes gefangen, als sie nach Luft schnappte und schrie.

Während er sie weiter hart und schnell peitscht, übernimmt ihr Körper die Kontrolle, während ihr Geist schwankt. Sie spürt die Hitze und das aufgestaute Bedürfnis nach einem übermäßig unfähigen Freund und verliert sich in dem Gefühl, dass sie kommt, hart wird und ihren Orgasmus hat. Mit dieser einfachen Tracht Prügel spritzt es auf ihre Schenkel.

Sie fühlt, dass er innehält und innerlich stirbt.

Seine Schande erfüllt sie, als sie auf seinem Schoß zittert und nach Luft schnappt und schluchzt.

Die Wärme ihrer Röte erfüllte ihr Gesicht, so verlegen, wie hätte sie das tun können?

***

Er lächelt, als er sieht, wie ihr Gesicht vor Verlegenheit rot wird, sie an Ort und Stelle hält und weiß, dass dies ihr Moment ist.

"Für die nächste Woche wirst du mein Sklave. Dies wird deine königliche Beschäftigung sein. Du wirst mir in allem gehorchen, was ich dir befehle. Du wirst jederzeit in Sicht bleiben und meine Erlaubnis einholen, wenn nötig zu gehen, auch wenn nur zu Geh auf die Toilette. Ich werde dich besitzen und du wirst mir gehorchen. Am Ende einer Woche werden wir wieder darüber reden. "

***

Sie liegt auf seinem Schoß und spürt den Orgasmus seiner Prügel. Sie hört seinen Worten zu.

Es ist eine Aussage, keine Frage.

Er erkennt, dass er ihm keine Optionen gegeben hat.

Sie neigt beschämt den Kopf und zittert an dem, was sie gerade getan hat.

Und sie stöhnt:

"Jawohl"

.

AKZEPTIEREN DER SITUATION

"Dein Sklave für eine Woche."

Es konnte keine schlechte Woche sein, da er sie immer wie eine Prinzessin behandelt hatte.

Selbst nach ihrer schweren Zeit vor ein paar Minuten und ihrer Bitte um völligen Gehorsam für eine Woche hatte er sie abgeholt, ihre Tränen abgewischt und sie in ihr privates Badezimmer geschickt, um aufzuräumen.

Sie stand vor dem Spiegel und erlebte ihre Schande noch einmal. Sie war ein böses Mädchen und jetzt wusste Robert es.

Teufel noch mal!

Sie biss sich auf die Lippe und fragte sich, ob er das alles geheim halten würde, während sie sein Spiel spielte.

Weil es ein Spiel war, oder?

Er kam aus dem Badezimmer, sein Gesicht spiegelte sich nicht mehr in dem wider, was gerade passiert war, und sein geröteter Hintern war der einzige äußere Beweis dafür.

Sie ging auf ihn zu und spürte, wie ihr Gesicht wieder rot wurde. Er reichte ihr seinen mit Sperma getränkten Tanga.

"Ok, so gut. Allerdings haben wir beide Leute, die wir lieben, und das war, ähm, lustig, aber ich möchte nicht, dass einer von ihnen es weiß ..."

Als er sah, wie sie tief rot wurde und die Selbstbeschuldigung in ihrer Stimme hörte, unterbrach er sie, indem er auf ihren Vorteil drückte:

"Dass du dich von mir verprügeln lässt, bis du zum Orgasmus gekommen bist? Dass du zugestimmt hast, für nicht weniger als eine Woche für mich zu sklaven? Meine süße Susy, du bist eine sehr ungezogene Schlampe!"

Er sah zu, wie sie beim letzten Wort blass wurde, bis er den Kopf senkte, um auf seine Füße zu schauen.

Vor ihr hob sie ihr Kinn und hielt den rosa Tanga vor sich, und er lächelte.

"Verstehe, dass ich auch unsere Familien nicht verletzen will. Aber von jetzt an wirst du mich Meister nennen, wenn wir allein sind. Ich, mein süßes Baby, bin ein Meister und als solcher brauche ich einen Sklaven. Eine Woche hier bei der Arbeit und am Ende des Woche werden wir wieder sprechen und wir werden sehen, wie wir von dort aus weitermachen werden. "

Damit steckte er den Tanga in die Tasche und kehrte zu seinem Schreibtisch zurück.

Er hob einen Umschlag zu ihr und begegnete ihren neugierigen Augen.

"Dies ist eine Liste der Regeln, die Sie während der Woche befolgen müssen. Sie können jetzt nach Hause gehen und dort studieren. Kommen Sie morgen früh, wir haben viel zu tun. Wir sehen uns um sieben Uhr morgens."

Er stand auf und küsste sie sanft auf die Wange. Er verließ das Büro und beendete den Tag.

Als er sich näherte, um ihn zu küssen, hörte er ihn flüstern: "Ja, Meister", was ihn breit lächeln ließ.

DIE REGELN

In dieser Nacht lag er im Bett, las seine Anweisungen für die Woche und schüttelte den Kopf.

Es fühlte sich sehr unangenehm an, aber aus irgendeinem Grund konnte sie einfach nicht nein sagen.

Aber ich hätte nein sagen sollen.

Er hatte recht, sie war eine Hure.

Sie hatte fühlen wollen, wie er sie verprügelte.

Ihr Freund war süß, aber er konnte sie nie so richtig verprügeln wie Robert.

Sie hatte gespürt, wie sein harter Schwanz gegen ihren Bauch gedrückt wurde, unter Berücksichtigung seiner Größe und Form.

Ihr Freund erblasste im Vergleich zu ihren Vorstellungen.

Sie schlief wieder ein, als sie die Prügel wiedererlebte und an die kommende Woche dachte. Ihre Hand zwischen ihren Beinen steckte und bekam ihren zweiten Orgasmus des Tages.

* * *

Wachte früh auf, um zu duschen.

Er rasierte alles wie in den Regeln angegeben und zog sich sorgfältig an.

Ihr Haar war zu einem gut gemachten Pferdeschwanz zusammengebunden.

Und sie trug ein Leibchen unter ihrer Bluse anstelle eines BHs, dankbar für ihre frechen kleinen Brüste und schob ihr Höschen unter ihren kurzen Rockanzug.

Mit ihrem Make-up wie angewiesen griff sie nach ihrer Handtasche und rannte gerade noch rechtzeitig aus der Tür, um den frühen Bus zur Arbeit zu nehmen.

Das Fehlen des üblichen Morgenverkehrs, der so früh war, ließ das Gebäude bei ihrer Ankunft seltsam verlassen erscheinen, dachte sie, als sie in den Aufzug stieg.

Als sie das stille Büro betrat, war sie überrascht, die Lichter an zu sehen und dass er bereits da war.

Er ging zu seinem Schreibtisch und schrieb schnell "Guten Morgen, Meister", um ihn über seine Ankunft zu informieren.

***

Er sah auf seine Uhr und lächelte.

Gerade rechtzeitig.

Er hatte die Nacht damit verbracht, die kommende Woche zu planen.

Die Belohnung für die angesammelten Jahre, in denen er dieses schöne Mädchen besitzen musste, das ihn so besessen machte.

Er brauchte sie, um ihre neue Rolle anzunehmen, ihren Körper und ihre Seele zu versklaven, und sie hatte nur eine Woche Zeit, dies zu tun.

Er hatte die Nacht geplant, bevor er seinen nächsten Schritt entschied.

Lächelnd schrieb er:

"Gutes Mädchen, du bist pünktlich hier. Komm in mein Büro, schließe die Tür und zieh dich aus. Dann geh in die Mitte des Raumes und warte dort."

***

"Ja Meister."

Mit klopfendem Herzen ging sie in ihr Büro und schloss die Tür hinter sich.

Sie spürte, wie seine Augen sie aufmerksam beobachteten, drehte sich um und trat einen Schritt vor.

Langsam entfernte sie jedes Kleidungsstück, das sie trug, und legte es neben sich auf den Boden.

Endlich nackt legte sie sich auf den weichen Teppich in der Mitte des Raumes, um seiner Gnade, seinem Sklaven, ausgeliefert zu sein.

Sie beobachtete ihn, als er aufstand und sich von seinem Schreibtisch entfernte.

Er schwebte um sie herum, als er sie von Kopf bis Fuß jeden Zentimeter ihrer Haut ansah und sie nicht berührte, aber so nah, dass sie die Hitze seines Körpers auf ihren Gänsehaut spüren konnte.

Abrupt kehrte er zu ihrem Schreibtisch zurück, sagte ihr, sie solle sich anziehen und zur Arbeit gehen, und schaltete ihre Aufmerksamkeit aus, um ihre Arbeit fortzusetzen.

* * *

Er konnte ihre Verwirrung und Enttäuschung sehen, als sie sich anzog und zu ihrem Schreibtisch zurückkehrte.

Er wusste, dass sie bereit war, alles zu tun, was er beschlossen hatte, seinem Willen zu gehorchen und noch mehr, seiner Demütigung und Schande, die sie dazu brachte, sein Spiel zu spielen, aber er wollte nicht zu stark pushen.

Er brauchte sie, um mehr zu wollen, um mehr zu brauchen.

Er drehte sich um und sah sich sein Trainingsprogramm auf seinem Schreibtisch an.

Sein Kochunterricht verlief gut.

Die Leute in der Firma schienen es zu mögen.

Er berührte sein Kinn, als er dachte, dass sie vielleicht bald ein Abendessen mit Freunden aus dem Club bestellen könnte.

Er saß an seinem Schreibtisch und erinnerte sich an die Prügel, die er ihr gab. Sein Schwanz schwoll an, seine Hand streifte sie, fühlte die Erregung, sah sie nackt und so bereitwillig gehorsam, dass er fast seine Pläne, seine Lust und sein Bedürfnis vergaß. das Mädchen zu dominieren.

Sofortnachricht gesendet:

"Masturbierst du, Susy?"

Er wartete, während die Sofortnachricht auf seinem Schreibtisch blitzte.

Er konnte sich vorstellen, wie sie zappelte und ihre Fotze bei der Frage zusammenpreßte, aber sie hatte bereits während ihrer Spiele so viel mehr gestanden.

"Ja, Meister, oft."

Er schrieb die folgende Nachricht und wählte seine folgenden Worte sorgfältig aus, um nicht nur mit ihr zu spielen, sondern ihn zum Nachdenken zu bringen:

"Könnte es sein, dass dieser junge Mann, den du nicht viel siehst, dich nicht genug befriedigt, kleine Schlampe? Vielleicht hilft dir diese Woche, zufrieden zu bleiben."

Damit schloss er das Gespräch.

* * *

An ihrem Schreibtisch war sie fassungslos über die Antwort und den plötzlichen Abschluss des Gesprächs, aber sie musste über seine Worte nachdenken.

Später, als sie mit ihrer Arbeit beschäftigt war, merkte sie nicht, dass er hinter sie gekommen war, bis seine Hand sich auf ihrer Schulter zusammenrollte und auf ihrer rechten Brust ruhte.

Er beugte sich vor, um ihr ins Ohr zu flüstern:

"Ich sehe nur zu, wie meine kleine Schlampe hart arbeitet."

Er streichelte die verhärtete Brustwarze und hörte zu, wie sie schneller atmete. Er lächelte.

Dann entfernte er ihre Hand und verließ sein Büro, bevor er sich zu ihr umdrehte:

"Du weißt, Susy, das wird eine sehr befriedigende Woche."

* * *

Er hielt sie den ganzen Tag nervös mit kleinen Liebkosungen und kleinen Witzen, die sie immer mehr nach seinen unbewussten Bewegungen verlangten und sie wurde immer roter.

Zufrieden, dass er den ganzen Tag sein Bedürfnis geweckt hatte, wollte er mehr.

Der Kurier flackerte auf seinem Schreibtisch.

"Bevor du heute gehst, kleine Schlampe, wirst du an meinem Schreibtisch auftauchen und um Erlaubnis bitten, meinen Dienst für diesen Tag zu verlassen."

***

"Ja Meister." Er tippte und beeilte sich schnell, das zu beenden, was er tat, und seinen Schreibtisch aufzuräumen.

Sie war ein wenig aufgeregt.

Er hatte sie den ganzen Tag gehänselt, ihr Höschen war nass und klebrig und sie konnte nicht glauben, dass sie sich so heiß fühlte.

Sie wurde rot und wusste, dass sie die kleine Schlampe war, die er sie nannte, aber sie schien sich nicht helfen zu können.

Sie stand auf und betrat sein Büro, schloss die Tür und wartete darauf, dass er sie näher brachte.

Es war ein paar Minuten so, obwohl es viel länger schien.

Dies machte sie nervöser, bis er sie ansah und auf eine Stelle auf dem Boden neben ihrem Schreibtisch zeigte.

"Hier, Susy."

Sie flog fast zu dem Ort, um wieder in seiner Nähe zu sein.

Als sie sah, wie das Lächeln ihr Gesicht bei ihrem Hunger erhellte, füllte ihre Röte ihr Gesicht wieder.

"Bevor ich gehe, muss ich noch etwas bewerten." Er konnte sehen, wie sie leicht zitterte, als sie seine Worte aufnahm. "Sei eine gute Hure und beuge dich über den Schreibtisch vor mir, Susy."

Als er ihren missverständlichen Blick sah, wartete er nicht darauf, dass sie sich bewegte, sondern stand auf, nahm ihren Arm und drückte sie gegen den Schreibtisch, wobei ihre Füße kaum den Boden berührten.

Er fuhr mit den Händen über ihre Schenkel und spreizte sie weit. Er schnippte mit der Zunge.

"Meine kleine Schlampe Susy, was hast du heute gemacht, um das so nass zu machen?"

Als er ihren kleinen Schrei hörte und das tiefe Erröten sah, grinste er über ihre Reaktion.

Er hätte ihre ständigen Spiele leicht für ihre Erregung verantwortlich machen können, aber sie schwieg, verlegen, dass er sie eine Hure nannte.

Er fuhr mit den Fingern über das nasse Baumwollhöschen und fuhr fort.

"Was sollen wir mit so einer nassen Schlampe machen?"

Er hakte seine Finger in ihr Höschen, streichelte ihren nassen Schlitz und sah zu, wie sie sich nach all den Spielen, denen er sie tagsüber ausgesetzt hatte, windete und nach Luft schnappte.

Er packte ihren Kitzler zwischen Daumen und Zeigefinger, drückte langsam und knurrte:

"Antworte mir, kleine Schlampe!"

Als er sie laut stöhnen hörte und sie zittern sah, lächelte er wieder.

Sie drückte sich gegen ihren Schreibtisch und spreizte ihre Schenkel.

Sie spürte, wie seine Demütigung bei seinen Worten ihr Gesicht mit Farbe füllte und sie noch nasser machte.

Seine verspielten Hände und Finger hielten sie den ganzen Tag nervös, ihr kleiner Körper forderte und brauchte seine Berührung.

Jetzt ließ das Gefühl seiner Finger, als sie ihre Muschi streichelten, ihre Hüften unbewusst bewegen.

Ihre Augen weiteten sich, als seine Finger ihren Kitzler ergriffen und drückten und sie laut stöhnte:

"Ja, Meister, ich meine, kein Meister, oh Gott!"

„Du weißt was zu tun ist!", Quietschte sie, als er ihren Arsch hart schlug.

Er drückte weiter und verursachte Schmerzen in ihrem kleinen Körper, als sie wieder schrie.

Seine Augen füllten sich mit Tränen, als er sie erneut schlug und eine Antwort verlangte:

"Eine Tracht Prügel, Meister!"

Sie spürte, wie ihr Kitzler zuckte, als er wieder auf ihren kleinen Arsch schlug.

Sie wölbte sich vor Schmerz, Tränen liefen über ihr Gesicht, sie hatte einen Orgasmus und schrie ihren Schmerz und ihr Bedürfnis aus.

Er zog seine Hand zurück und sah die Hure an, so froh, dass sie ihn fast anflehte.

Er hob sie hoch und küsste ihr tränenreiches Gesicht, als sie unkontrolliert in seinen Armen zuckte, ihren Rücken rieb und sie beruhigte.

Er brachte sie ins Badezimmer.

"Repariere dein Make-up, meine kleine Schlampe, wir wollen nicht, dass die Leute denken, wir spielen hier etwas."

Er sah, wie sie ihr breites, neckendes Lächeln ansah, als sie tief rot wurde und ihren Kopf senkte.

* * *

Als sie sich bückte, um ihr Gesicht zu waschen und zu reparieren, erinnerte sie sich daran, wie es sich anfühlte, als er sie berührte.

Die scheinbare Härte unter seiner Hose.

Ihre Gedanken wanderten mit Bildern davon, wie sein Schwanz sein muss.

Sie schauderte.

* * *

"Da du so ein unangenehmes Mädchen bist, aber ein Engelsgesicht hast, wirst du ein nasses Höschen tragen, Susy, lass die Leute sich fragen, ob der Engel so unschuldig ist, wie er scheint!" Er schwelgte in dem schockierten Ausdruck auf ihrem Gesicht. "Morgen nach dem Duschen möchte ich, dass du dein Lieblingshöschen auswählst und es über diese kleine Muschi legst." Seine Gedanken erinnerten ihn an ihre enge, frisch rasierte Muschi von seiner Inspektion an diesem Morgen. "Also möchte ich, dass du bis zum Rand des Orgasmus masturbierst und dann aufhörst, dich fertig anziehst und zur Arbeit gehst. Sobald du ankommst, komm in mein Büro."

Seine Augen weiteten sich, sein Herz begann wild zu pochen.

Was er verlangte, war ein wenig empörend, aber ihre Fotze zog sich zusammen und sie spürte, wie es noch mehr tropfte.

Mit zitternder Stimme antwortete sie "Ja, Meister".

Er sah sie mit stechenden Augen an und ließ sie mehr rot werden.

Seine Hand legte sich um sie und berührte ihre feuchte, mit Baumwolle bedeckte Muschi.

Dann flüsterte er ihm mit einem bedrohlichen Knurren ins Ohr:

"Und hab diese Woche keinen Sex mit deinem unaufmerksamen Freund, Susy. Diese Woche gehörst du mir. Verstanden?"

Sein Gesicht leuchtete strahlend auf, als er flüsterte: "Ja, Meister."

* * *

In dieser Nacht schlief sie ein und aus.

Ihre Träume waren erfüllt von ihm, sein Körper war so erregt, dass er ständig nass und bedürftig wirkte.

Sie überlegte, ihren Freund anzurufen.

Wie würde der Meister wissen, wenn er es tat?

Tief im Inneren wusste sie, dass sie sich dadurch frustriert und schuldig fühlen würde, also vergrub sie ihren Kopf im Kissen und versuchte, wieder einzuschlafen.

* * *

Am nächsten Morgen ging er nach langen Vorbereitungen mit unruhigen Beinen auf Reisen zur Arbeit.

Er sah sich um, um zu sehen, ob die Leute seine Erregung spüren konnten. Seine Brustwarzen verhärteten sich ständig von seinem Bedürfnis abzuspritzen und sein kleiner Knopf ärgerte ihn.

* * *

Bei ihrer Ankunft ging sie direkt in ihr Büro.

Er telefonierte mit jemandem und als seine Augen sich zu ihr wandten, erschien ein Lächeln.

Er nahm einen Stift und schrieb "Ausziehen" auf den Notizblock neben sich.

Er blätterte die Seite zu ihr um und deutete auf die Stelle vor ihrem Stuhl zwischen ihren gespreizten Beinen.

Ihre Beine zitterten, als sie gehorsam um den großen Schreibtisch herumging und sich auszog.

Er bedeckte das Mundstück mit seiner Hand und flüsterte:

"Langsam ist es keine ärztliche Untersuchung".

Er zwinkerte ihr zu und sie wurde rot und nickte, verstand ihn, sich sinnlicher auszuziehen.

Dies tat er und hörte ihn schließlich nackt sagen:

"Entschuldigung Harry, ich muss dich jetzt verlassen. Ich rufe dich später an, jemand braucht meine Aufmerksamkeit."

Er lächelte sie an und legte auf.

Er inspizierte sie kritisch, fuhr mit einem Finger über die Innenseite ihres Oberschenkels, um ihre Nässe zu spüren, lehnte sich dann zurück und fuhr mit seiner Zunge über die Spitze ihres nassen Fingers.

"Dreh dich um und beuge dich über den Schreibtisch, du kleine Hure, und mit gespreizten Beinen."

Sie drehte sich um und drehte sich um und präsentierte ihm ihren engen kleinen Arsch.

Als sie die kleine Spitze des Stoffes beobachtete, die aus ihren Schamlippen spross, drückte er sie und begann verlockend langsam zu ziehen.

Mit großen Augen und fast wässrig vom Wirbel der Gefühle und Emotionen bewegte er ihr Höschen und sah zu, wie ihre Muschi noch mehr tropfte, als sie sie hob.

Als der Stoffstreifen in ihren Schlitz kam, zog er fest und beobachtete ihr Gesicht im Spiegel des Fensters, als sie sich auf die Lippe biss und stöhnte.

Er schlug ihr auf den nackten Arsch und sagte ihr, sie solle aufstehen. Er sah sie kritisch an, als sie sich aufrichtete und sich zu ihm umdrehte.

Nach seiner Inspektion schlug er sie noch einmal auf den Hintern und befahl ihr, ihre Kleidung zu reparieren, ihr durchnässtes Höschen anzuziehen und wieder an die Arbeit zu gehen.

Der errötende und verwirrte Ausdruck in ihrem Gesicht gefiel ihm sehr.

Dann drehte sie ihm den Rücken zu und nahm den Hörer ab, um ihre frühere Unterhaltung fortzusetzen. Ihre Augen konzentrierten sich auf ihr Spiegelbild in den Trennwänden ihres Büros.

"Oh ja." Er dachte bei sich: "Dies wird eine sehr befriedigende Woche. Und wenn mein Plan erfolgreich ist, wird es viel, viel länger als eine Woche sein ..."

TREFFEN MIT EINEM MANAGER

Er kehrte zu seinem Schreibtisch zurück, sein Gesicht war rot vor Unbehagen und Verlegenheit.

Es war ihm nicht einmal in den Sinn gekommen, nein zu sagen und das Spiel zu stoppen.

Er saß lange Minuten da und fragte sich, was passieren könnte, wenn er es tat.

"Gott", dachte sie. "Würdest du sie feuern und ihrer Familie erklären, warum oder würde sie ihnen sagen, dass sie es tun musste, weil sie so ungezogen war?

"Vielleicht", argumentierte sie. "Sie konnte zu ihrem Vater gehen und ihm sagen, was dieser Mann sie tun ließ, aber sie war deprimiert, als sie merkte, dass er nichts getan hatte, was sie nicht zugestimmt oder verlangt hatte und das konnte sie ihrem Vater nicht sagen."

Sie lächelte und dachte an ihren liebenden Vater.

Sie war sein süßer Engel, und sie konnte es nicht ertragen, ihn mit der Wahrheit zu enttäuschen, dass sie eine kleine Schlampe war, wie Meister Robert sie nannte.

In ihren Träumereien verloren, sah sie die Sofortnachricht nicht blinken, bis es zu spät war.

Eine zweite und dritte Nachricht erschien "HIER JETZT!"

Sie hörte ihn fast schreien, als er sprang und vor Vorfreude zitterte.

Sie antwortete nicht, sondern rannte in ihr Büro und blieb direkt vor der Tür stehen.

Als er eintrat und ohne zu sprechen, bedeutete er ihr, die Tür zu schließen und zeigte auf einen Platz vor seinem Schreibtisch.

Sie ging langsam zu dem Ort und stand erwartungsvoll da, als er mit dem Schreiben von Notizen auf seinem Computer fertig war.

Er sah sie enttäuscht an und schüttelte den Kopf.

Seine Stille machte sie nervöser, sie stand auf und verfolgte sie, zog ihren Rock, legte ihr noch feuchtes Höschen frei und schlug sie hart hinter sich.

Er genoss ihr Quietschen, drehte sie herum und drückte ihr Kinn fest, sodass sie ihm in die Augen sah.

Er beugte sich zu ihrem Gesicht und knurrte: "Ich, Susan, bin dein Meister! Du, mein Mädchen, bist mein Sklave und deine Unaufmerksamkeit lässt mich glauben, dass du dich daran erinnern musst."

Er sah, wie ihre Augen von seinen weggingen.

"Sieh mich an!" Er knurrte in ihr Gesicht und genoss ihren Seufzer, als ihre Augen zu ihm schossen.

Sie sah zu ihm auf und begann zu entschuldigen, aber er drückte seine Hand fester an ihr Kinn, was sie zum Schweigen brachte, als Tränen in seinen Augen aufstiegen.

Er sah so schön verletzlich aus, dass sein Schwanz zuckte.

"Du musst natürlich bestraft werden, aber ich denke, du würdest es genießen, noch eine Tracht Prügel zu bekommen, richtig, meine kleine Schlampe?"

Er sah zufrieden zu, seine Scham überschwemmte sein Gesicht, als seine dunklen Augen sie anstarrten.

"Ich warte auf einen der Manager und ich habe momentan keine Zeit, mich um Ihren Ungehorsam zu kümmern." Er schickte sie in die Ecke seines Büros hinter seinem Schreibtisch und fuhr fort: "Steh in der Ecke wie ein ungezogenes Mädchen, das du bist, während ich Ich treffe mich mit Alan. "

Er spürte, wie sie sich versteifte und sah, wie ihre Hände über ihren Rock rutschten, aber er schlug ihr hart auf den Arsch und hinterließ einen roten, heißen Eindruck.

"Lass den Rock wie er ist. Verschränke deine Arme vor dir, wenn du dieser einfachen Anweisung nicht einmal folgen kannst."

Er hörte sie stöhnen und ein Schluchzen unterdrücken, und mit einem Lächeln, das sein Gesicht aufhellte, kehrte er zu seinem Schreibtisch zurück.

Sie erblasste körperlich, als sie hörte, wie er seine Stimme hob und rief:

"Komm rein, Alan. Entschuldigung, mein Assistent war nicht da, um dir Input zu geben."

Er hörte eine tiefe Stimme lachen, als Alan eintrat.

"Kein Problem, Robert. Ich sehe, dass Sie hier neu dekoriert haben. Sehr gut, muss ich sagen, und dieser Spritzer Rot, den Sie hinzugefügt haben, erstaunlich!"

Seine Gedanken rasten:

"Hat er über sie gesprochen? Sicher nicht"

Aber sie konnte nicht verhindern, dass ein helles Erröten auf ihren Wangen erschien, als sie aus dem nächsten Fenster schaute.

Sie versuchte still zu bleiben und nicht nervös zu werden in der Hoffnung, in den Hintergrund zu treten, während sie über einen Kunden oder etwas anderes sprachen.

Schließlich endete das Treffen und Alan ging glücklich:

"Ich denke, ich könnte mein Büro auf ähnliche Weise dekorieren, Robert, aber vielleicht mit einem nordischen Thema."

Er zwinkerte Robert schlau zu und fügte hinzu:

"Ich werde verrückt, wenn ich eine kurvige Blondine sehe. Vielleicht ist es Zeit, Anne zu meiner persönlichen Assistentin zu machen."

Er lachte laut, als er ging und sie duckte sich.

DAS NEUE SPIELZEUG

Er ließ sie noch eine halbe Stunde dort stehen, während er Berichte am Computer ausfüllte, bevor er sie schließlich anrief, um zu ihm zu kommen.

"Ich hoffe, ich muss dich nicht noch einmal bestrafen, kleiner Sklave, und um dir zu helfen, aufmerksam zu sein, habe ich ein Geschenk für dich."

Er öffnete eine Schublade in seinem Schreibtisch, zog einen kleinen pinkfarbenen Zylinder heraus und sah sie an, als sie ihn neugierig ansah.

"Sie ist wirklich so unschuldig", dachte er bei sich und lächelte, als er sie anwies, ins private Badezimmer zu gehen und das neue Spielzeug in ihre Muschi zu stecken, als wäre es ein Tampon.

Er verehrte die Art und Weise, wie Emotionen auf ihrem Gesicht spielten, und errötete charmant, als ihre Gedanken gegen ihre Unterwerfung unter ihn kämpften.

"JETZT, Sklave!"

Sie nahm den kleinen Gegenstand aus seiner Hand, ging langsam ins Badezimmer und drehte sich um, um die Tür zu schließen.

Aber sie sah ihn dort spähen und sie beobachten.

"Ich muss zuerst urinieren, bitte Meister." Sie stotterte.

"Mach weiter, kleiner Sklave, ich werde dich nicht aufhalten." Er wich ein wenig zurück, bewegte sich aber nicht von der Tür weg, um sie offen zu halten.

Er versteifte sich und drehte sich um, als er sie laut seufzen hörte.

Sie schien es nicht zu bemerken, als sie ihr Höschen herunterzog, um zu urinieren und das Spielzeug einzuführen.

Sie stand auf und zog das nasse Höschen an seinen Platz.

Und als ihre Hände bereit waren, ihren Rock zu senken, hörte sie ihn auf seine Zunge klicken.

Sie sah auf und sah, dass er den Kopf schüttelte.

Sie ließ ihren Rock eng um die Taille, wusch sich die Hände und folgte ihm zu ihrem Schreibtisch.

Sie sah, dass er sie finster ansah und fragte sich, was sie hätte tun können, um ihn jetzt zu verärgern.

"Susan, das ist ein Unterrichtstag für dich, denke ich."

Er hielt einen Moment inne und ließ sie über seine Worte nachdenken.

"Sklaven seufzen nicht nach ihren Meistern! Verstanden? Es ist ein einfacher, ja Meister, denn da du mein Sklave bist, wirst du mir gehorchen!" Seine Augen richteten sich auf ihre, als er seine jüngste Übertretung erklärte.

Er sah zu, wie der Schrecken und die Scham über ihr Gesicht gingen und seine Zähne wieder entzückend auf ihre Unterlippe beißen.

Manchmal ist es wie ein Kind zu bestrafen, dachte sie.

Mit großen Augen nickte sie und erholte sich genug, um zu flüstern: "Ja, Meister", als sie sah, dass er sich vor Wut mehr versteifte.

Jetzt hatte sie Angst, weil ihre offensichtliche Wut bestätigte, dass dies kein Spiel mehr war.

Die Bestätigung traf sie wie ein Schlag ins Gesicht, der sie vor der Kraft des neuen Bewusstseins für ihre Situation fast auf den Fersen schüttelte.

Sie wusste, dass sie zu weit gegangen war, zu viel getan hatte, ihn zu viel mit ihr machen ließ, damit sie sich jetzt zurückziehen oder ihn bitten konnte, aufzuhören.

Jedes solche Wort wäre in seiner Kehle gestorben.

Nach Minuten der Stille begann sie zu schluchzen und drehte sich um, um zu gehen.

Er sah sie auseinander brechen, die Erkenntnis seiner Absichten fiel über sie.

Dies war sein Moment, um sie wirklich zu seiner eigenen zu machen.

Sie musste sich schnell bewegen, bevor sie in Panik geriet und vollständig vor ihm davonlief.

Er streckte blitzschnell die Hand aus und packte sie am Arm, bevor sie rennen konnte.

Er hielt eine Fernbedienung vor seine Augen und drückte den Knopf, um ein leises Summen in ihrer Muschi auszulösen.

Sie zuckte zusammen und stöhnte und sah ihn an.

Mit tiefer Stimme sagte er:

"Ja, kleine Schlampe, ich kontrolliere dieses neue Spielzeug in deiner Muschi genauso wie ich dich kontrolliere. Ich bin dein Meister."

Er sah in ihre ängstlichen Augen, als er ihren Arsch streichelte.

Das Spielzeug summte schneller.

Seine Atmung nahm mit seiner Erregung zu.

Er beugte sich vor, um ihr ins Ohr zu flüstern:

"Du magst es meine Hure zu sein, richtig, Susy?"

Er kam noch näher und zog sie zu sich, als er fortfuhr:

"Ohne dich verstecken zu müssen, wie ungezogen du bist und die Gefühle in dieser engen kleinen Muschi, die das Spielzeug dir hinterlässt, wenn du bei mir bist, weißt du, dass du mir dienen solltest."

Damit schlug er ihn hart auf den Hintern und wärmte ihn mit seinem Handabdruck.

Als sie ihren Biss in ihre Lippe sah, konnte sie Emotionen über ihrem ausdrucksstarken Gesicht sehen, das sich mit Farbe füllte.

"Du kannst du selbst bei mir sein, Susy. Ich liebe alles, was du bist und alles, was du für mich sein kannst und wirst."

Er konnte fühlen, wie die Hitze aus ihr kam, wie sich Scham und Angst mit dem wachsenden sexuellen Hunger vermischten, der in ihren grünen Augen aufgrund der Erregung des Spielzeugs in ihrer Muschi auftrat.

Es war eine langsame, absichtliche Wortwahl, die sie in ihre Gedanken eindringen ließ, als sie mit der Erkenntnis kämpfte, dass dies nie wieder ein Spiel für ihn sein würde.

Er sprach, um unermüdlich ihren Kopf mit seinen Wünschen zu füllen.

"Ich kenne dich die meiste Zeit deines Lebens. Immer so süß, so unschuldig und so gehorsam, dass ich wusste, dass du als Sklave geboren wurdest, meine kleine Schlampe. Du brauchst einen Meister, der dir das Vergnügen und den Schmerz gibt, nach dem du dich sehnst."

Er hielt seine Stimme mit einem leisen, leisen Flüstern im Ohr, aber mit einem strengen und befehlenden Ton in seinen Worten.

"Du kannst mir vertrauen, Susy, ich werde mich um dich kümmern und dich beschützen, während ich dein Verlangen und deine Wünsche füttere."

Er unterbrach dies mit einem weiteren Schlag auf ihren bereits roten Arsch.

"Alles, was ich von dem kleinen Sklaven verlange, ist, dass du mir dienst und mir gut gehorchst. Ich bin dein Meister, Susy. Und du, kleine Schlampe, bist der Sklave, den ich mir wünsche."

Sie keuchte jetzt und ihr Körper zitterte sichtlich vor Aufregung, als er das Spielzeug etwas lauter reaktivierte und erneut auf ihren Arsch schlug.

"Ich werde dich als meinen wertvollsten Besitz besitzen und für ihn sorgen. Als dein Meister werde ich dich trainieren, mir zu gefallen und dich zu bestrafen, wenn du es nicht tust."

Seine Hand schlug wieder gegen ihren Hintern.

Sie spreizte ihre Beine etwas weiter, was sie kaum aufrecht hielt, während er ihr gab, was sie brauchte.

Gerade als er sie dominieren wollte, brauchte sie seine Forderungen nach Kontrolle über sie.

Er konnte sehen und fühlen, wie heiß er jedes Mal wurde, wenn sie seinen zunehmend abfälligen Befehlen gehorchte, selbst jetzt, wo er in ihre tränengefüllten Augen sah.

"Du musst deinem Meister vertrauen und ihm gehorchen, Susy." Er schlug erneut auf ihren Arsch und knurrte leise. "Komm für mich, meine kleine Schlampe. Gehorche mir und komm für deinen Meister, Sklave."

Er steckte sein Bein zwischen ihr, als sie ihre Hüften drehte, ließ sie ihre nasse, pochende Fotze an ihm schleifen und sah zu, wie ihr Kopf zurückstürzte, um zu stöhnen.

Er schlang seine Arme um ihren kleinen Körper und zog sie näher an sich heran, als sie anfing zu zittern und zu schaudern. Er hob sie hoch, trug sie zu einem ausgestopften Stuhl und setzte sich mit ihr auf seinen Schoß, ließ das Summen in ihr langsam verschwinden.

In diesem Moment wollte sie nichts weiter als ihm zu gefallen, ihm zu gehorchen, für sie zu sorgen und sie zu schätzen.

Sie saß lange auf seinem Schoß und fühlte, wie er sie streichelte, ihr Haar und ihren Rücken streichelte, als er sich beruhigte.

Unfähig zu sagen, wie er sich fühlte, dachte er über alles nach, was er gesagt und getan hatte.

In den Dingen, die sie in den letzten drei Tagen getan hatte und die er ihr antun ließ, in seinen Worten des Vertrauens und der Fürsorge, der Freude und des Schmerzes, die er ihr bereitete.

Unbewusst drehte sie sich und biss sich wieder auf die Lippe.

Sein Erröten erfüllte ihr Gesicht, seine Scham und Demütigung übernahmen alle anderen Emotionen.

Sie hatte immer noch ein wenig Angst vor seiner Wut und was dieses angebliche Spiel für sie wirklich bedeutete, aber sie fühlte auch seine Liebe zu ihr.

Er war fast wie eine Vaterfigur, streng und streng, aber fürsorglich, als sie sich so in seinen Armen wiegte.

War es falsch von ihr, ihn so zu sehen, wenn man bedachte, was er getan hatte, und ihn das ihr weiterhin antun zu lassen?

Er akzeptierte nicht nur ihre Mätzchen, sondern ermutigte sie auch.

Es hatte sie dazu gebracht, nach Orgasmen zu schreien, aber sie hatte ihre nicht gesucht.

Seine Gedanken verdrehten sich mit dem, was er fühlte.

Sie hatte das Gefühl, dass sie das für ihn tun wollte, und das starke Bedürfnis, vor ihm davonzulaufen, wurde in diesem Moment durch den Wunsch ersetzt, ihm zu gefallen, während sie über seine Worte, seine Fürsorge, sein Vertrauen und seine Liebe nachdachte.

Sie stellte sich vor, wie es wäre, von ihm gefickt und mit seinem Sperma gefüllt zu werden und sich in seinen Armen zu winden, die gegen seinen starken festen Körper drückten.

Er saß mit ihr in seinem Schoß gekuschelt und beobachtete ihr Gesicht, wissend, dass sie über alles nachdachte, was er ihr gesagt hatte, als er ihre wachsenden masochistischen Bedürfnisse fütterte.

Er lächelte, als er sah, wie sie auf ihrer Lippe kaute und rot wurde.

Er musste dieses schöne kleine Mädchen besitzen, Körper und Seele, damit sie seinen Schmerz mehr ertrug und für ihn litt, aber er brauchte sie, um bereitwillig zu ihm zu kommen.

Ihre Gedanken wurden dunkler, und es erforderte all ihre Willenskraft, ihren Plan nicht über Bord zu werfen und ihren Körper jetzt zu nehmen, um sie zu besitzen und sie zu zwingen, ihm zu Diensten zu sein.

Er entschied, dass er eine der Firmenschlampen suchen musste, um seine Frustration zu lösen, bevor er seine Entschlossenheit verlor.

Er knallte ihren Hintern zu und weckte sie:

"Kleine Schlampe, du warst heute Morgen ein nutzloser persönlicher Assistent, also geh zurück zu deinem Schreibtisch und mach mit deiner Arbeit weiter. Ich rufe dich an, wenn ich dich brauche."

Er grinste, als das Spielzeug kurz summte und sie nach Luft schnappte und seine Bedeutung zu klar verstand.

Er half ihr von seinem Schoß auf und lächelte, als er ihren zerzausten Blick und ihre glänzenden nassen Schenkel in sich aufnahm.

"Du kannst mein Badezimmer benutzen, um dich zu reinigen, kleine Schlampe, aber lass das Spielzeug dort, wo es ist." Er lächelte, als sie kurz nach Luft schnappte.

"Wenn ich liebe."

Als sie ins Badezimmer eilte und sich im Spiegel ansah, fragte sie sich, ob sie jemals aufhören würde rot zu werden, wenn sie bei ihm war.

Sie reparierte schnell ihr Make-up und wischte die Beweise für das Vergnügen, das er ihr bereitete, weg. Sie zuckte zusammen, als sie sich umdrehte, um seinen geröteten Arsch zu sehen.

Als sie aus dem Badezimmer kam, sah sie, dass er wortlos gegangen war und kehrte zu ihrem Schreibtisch zurück und fühlte sich seltsam allein ohne seine ständige Anwesenheit.

VOR ANDEREN AUSGESETZT

Ein paar Stunden später spürte er, wie das Spielzeug wieder zu summen begann, bevor er entspannt zurückblickte und sie glücklich anlächelte.

Er erwiderte das Lächeln auf ihrem Gesicht, als er ihn sah, trat hinter sie und sah über ihre Schulter auf ihren Computer. Er legte beide Hände auf ihre Titten und drückte sie, bis sie leise stöhnte.

"Arbeitest du hart, mein kleiner Sklave?"

Bevor sie antworten konnte, sah sie Alan mit Anne, der blonden Bombe von der Rezeption, an seiner Seite angeben.

"Guten Tag, Mr. Clarkson", lächelte Susan und versuchte zu ignorieren, dass die Hände ihres Meisters immer noch ihre Titten kneteten, obwohl das Erröten, das ihr Gesicht bedeckte, viel sagte.

"Susan Schatz, ich habe dich heute Morgen vermisst, ich hoffe du hattest kein Problem."

Der scheinbar immer ausgelassene Alan Clarkson zwinkerte und kicherte:

"Anne ist jetzt meine persönliche Assistentin und ich muss sie für einige Dinge einkaufen, damit ich sie in allem, was ihre neue Rolle mit sich bringt, richtig trainieren kann."

Er grinste Susan an.

"Robert will auch ein paar Dinge für dich, glückliches Mädchen, aber wir müssen einige Größen und Maße kennen. Obwohl, soweit ich sehen kann, dein Training sehr praktisch war."

Er lachte gutmütig und schaute auf die Hände seines Meisters, die immer noch ihre kleinen Titten bedeckten.

"Lass uns in mein Büro gehen, um eine Liste zu machen."

Ihr Meister lachte zusammen mit Alan, hob sie an den Titten und klopfte leicht auf sie, um sie in Bewegung zu bringen.

Er brachte sie in die Mitte des Raumes und befahl ihr, sie anzustarren:

"Susan, zieh dich aus, damit Anne genaue Messungen erhalten kann."

Er sah sie mit einem strengen Blick an, während sie zögerte.

Sie erstarrte ungläubig, das Spielzeug summte lauter und ließ sie nach Luft schnappen und aufschauen. Er hob eine Augenbraue.

Sie schluckte und schüttelte leicht den Kopf.

"JETZT Susan!" Wut blitzte in seinen Augen auf, als er sie ansah.

Mit zitternden Händen berührend, ließ sie ihren Rock fallen, zog Jacke und Bluse aus und reichte sie Anne, die die Größen überprüfte und sich Notizen machte.

"Der BH auch Susy, du kannst dein Höschen vorerst schmutzig halten."

Er starrte sie weiter an.

Sie war beschämt von seinen Worten und zog ihren BH aus.

Sie zogen sich von ihr zurück, als sie sich ausgezogen hatte.

Die beiden Männer gingen zum Schreibtisch ihres Meisters, um ihre Liste mit leiser Stimme zu besprechen und sie aus der Ferne zu beobachten.

Im Inneren beschämt, war sie fast nackt und zitterte, als Anne sich berührte und verschiedene Teile ihres winzigen Körpers, einschließlich ihrer Handgelenke, Knöchel und des Halses, für eine scheinbare Ewigkeit maß.

Die Hände der blonden Frau schienen sie noch mehr anzuschalten, als das Spielzeug summte, was sie nasser und ihre Brustwarzen unglaublich hart machte, was zu ihrer Demütigung beitrug.

Alan grinste, als er sah, dass Anne endlich aufstand und das Maßband aufrollte.

"Komm Sklave, lass uns einkaufen gehen!" Susan spannte sich an, aber er nahm Anne am Arm und führte sie aus dem Raum und sagte über seine Schulter. "Wir sehen uns in ein paar Stunden, Robert."

Susans Augen weiteten sich bei dem Wort Sklave, das an ein anderes Mädchen gerichtet war, und sie drehte sich um, um zu sehen, wie sie gingen.

Er winkte ihn näher zu kommen und zeigte auf eine Stelle auf dem Boden hinter seinem Schreibtisch in seiner Nähe. Er beobachtete sie fast nackt, als sie die Stelle betrat.

"Hast du den ganzen Tag gerne dieses schmutzige Höschen getragen?"

Er fuhr mit einer Hand über ihre Hüfte und ihre Muschi spürte ihre Nässe.

"Ich liebe nicht."

Er lächelte.

"Nun, zieh sie aus und wenn du das nächste Mal versucht bist, Höschen zu tragen, denke darüber nach, wie es sich anfühlt."

Sein Lächeln wurde ernst.

"Du wirst ohne meine ausdrückliche Erlaubnis nichts mehr tragen, was deine kleine Muschi bedeckt. Verstehst du mich als Sklave? Oder dein Unbehagen wird viel schlimmer sein, das verspreche ich."

Seine Augen suchten ihre und stellten sicher, dass sie verstand, dass dies, wie alle seine Befehle, nicht verhandelbar war.

Sie zog ihr feuchtes, fleckiges Höschen aus, stand zitternd und nackt vor ihm, atmete langsam und flüsterte:

"Wenn ich liebe."

Er streichelte leicht ihr Gesäß, drückte sie nach unten, lehnte sie auf seinen Schoß und sprach leise, aber mit einer Kante zu seiner Stimme.

"Wenn du mein Sklave bist, wenn ich dich bitte, etwas zu tun, dem du gehorchst, ist das der richtige Sklave?"

Ohne ihm Zeit zu geben, zu antworten und ihren schönen Arsch zu streicheln, fuhr er fort zu sagen.

"Dem haben Sie zugestimmt. Heute zum dritten Mal muss ich Sie jedoch bestrafen."

Er hatte ihr Zimmer nicht verlassen, um ihr zu antworten, und er lächelte, als sie stöhnte.

"Dein Zögern, als ich dich bat, dich auszuziehen, war nicht akzeptabel. Du wirst mir als Sklave gehorchen, unabhängig davon, wer in der Nähe ist."

Er fühlte sie angespannt, als sie ihren Ekel beschrieb.

"Du musst darauf vertrauen, dass ich dich nicht gefährden werde. Alan ist auch ein Meister und Anne seine Sklavin."

Er ließ Traurigkeit und Enttäuschung in seine Stimme eindringen.

"Ihre Weigerung, sich auszuziehen, als ich Ihnen befahl, war nicht nur ein Spiegelbild von Ihnen, kleiner Sklave, sondern von mir als Ihrem Meister."

Sie zuckte bei dem Ton seiner Stimme zusammen und schämte sich, dass sie ihn noch einmal verärgert hatte. Das Bedürfnis, ihm zu gefallen, hatte sie früher geweckt und sie dazu gebracht, um seine Vergebung zu bitten.

Sie begann ihre Bitte auszudrücken, brachte sie aber zum Schweigen.

"Ich verstehe, dass du dich wie ein Sklave fühlst und es macht mich traurig, dass ich dich erneut bestrafen muss, aber du wirst lernen, mir in allem, was ich von dir verlange, zu vertrauen und mir zu gehorchen."

Sie stöhnte verlegen, ebenso wie die Hitze, die sich in ihr aufbaute, verursacht durch seine streichelnde Hand und das Spielzeug, das tief in ihrer tropfenden Muschi summte.

Sie spürte, wie sich seine Hand hob und sie machte sich bereit zu glauben, er würde sie verprügeln, aber es wurde durch das Gefühl eines dünnen Stabes ersetzt, der ihre Haut streichelte.

Währenddessen bewegte sich seine linke Hand unter ihr, um ihre Muschi zu streicheln und der Mischung von Emotionen, die durch sie lief, mehr Freude zu bereiten.

Sie wand sich bei seinen Berührungen, gab aber ein überraschtes Quietschen von sich, als der Stock in ihren Arsch knallte, in ihr Fleisch biss und sie mit erhobenen Füßen in seinen Schoß springen ließ.

Sie spürte, wie seine Finger in ihre Muschi sanken und ihr Kitzler sie festhielt und sie schrie erneut. Ihr Keuchen und Stöhnen verwandelte sich in schmerzhaftes Miauen und erotisches Keuchen, als er sie noch zweimal schlug, während er seine Finger weiter in ihre Muschi schob.

Bei jeder seiner Übertretungen an diesem Tag erschienen drei stechende rote Striemen auf seiner Haut.

Er konnte fühlen, wie die Striemen auf seiner Haut brannten, als der grausame Stab wieder durch seine Hand ersetzt wurde.

Seine Finger drehten und zerrten an ihrem geschwollenen Kitzler, als er unerbittlich fest gegen die lockigen Linien schlug und sie sich in seinem Schoß drehen und beugen ließ, vor Schmerz und Erregung stöhnend.

Er beobachtete den exquisiten kleinen geröteten Körper auf seinem Schoß.

Seine Freude und Aufregung waren offensichtlich, als er sah, wie sie ihn genoss und um ihn weinte.

Er war ihr Meister, ein Wunsch, der lange darauf gewartet hatte, dass er wahr wurde.

Am Ende der Woche würde sie ihren Platz bereitwillig als seine Sklavin annehmen oder er würde sie notfalls mit Gewalt nehmen, aber sie wusste, dass er sie nicht gehen lassen konnte.

Er sprach wieder leise und knurrend:

"Komm für deinen Meister, kleiner Sklave. Zeig mir, wie sehr du meine Bestrafung liebst."

Sein Körper verzog sich, krümmte sich, spannte sich an und schauderte, als er auf seinen Befehl hin explodierte.

Sein Verstand war verloren und schwebte zum dritten Mal an diesem Tag in einer Wolke aus Vergnügen und Schmerz.

Sie schrie nach ihm und kam.

NEUE KLEIDUNG FÜR SUSAN

Susan wachte benommen und verwirrt auf, immer noch nackt.

Sie kuschelte sich auf dem großen, mit Schaumstoff gefüllten Sofa in seinem Büro in die Arme des Meisters.

Er hielt sie sanft und beschützend wie die eines süßen Liebhabers.

Ihr Körper sagte ihr jedoch etwas anderes und sie musste dringend ihre schmerzenden Muskeln dehnen.

Sanft versuchte sie sich von seinen Armen zu befreien, nur um zu spüren, wie sie sich um sie zusammenzog.

Sie gab auf, rollte die Arme hinter dem Rücken und streckte ihren Körper, spürte, wie die Muskeln protestierten und mehr Schmerzen verspürten.

Sie sah ihm in die Augen, als er sie beobachtete.

Endlich löste sie ihre Umarmung und fuhr mit seinen Händen über ihren Körper, als sie sich wie eine Katze streckte.

"Du gehörst mir." Er sagte einfach.

Schlagen Sie leicht auf ihre Hüfte

"Es wird spät, kleine Susy, du hast eine Weile geschlafen, ich habe ein Auto, das auf dich wartet, um dich nach Hause zu bringen."

Er lächelte sie sanft an.

"Du solltest dich besser anziehen und nach Hause gehen, bevor ich mehr Dinge finde, die du hier tun kannst."

Seine Augen weiteten sich und er lachte.

"Sie können jedem sagen, der fragt, dass ich Sie zu Schulungszwecken zu spät bei der Arbeit gehalten habe."

Er lachte aufrichtig über ihr rotes Gesicht, als sie aufstand und ihr Kleid betrachtete.

Sie zuckte zusammen und fühlte einen Wirbelwind des Unbehagens, als sie den Rock über ihren Hintern strich.

Sie ging kurz in ihr Badezimmer, um ihre Haare und ihr Make-up so gut wie möglich zu machen, bevor sie hinter ihren Schreibtisch ging, um ihr weggeworfenes schmutziges Höschen zu holen.

Höschen in der Hand, stellte sie sich gehorsam vor und fragte:

"Entschuldigen Sie mich für den Tag, Meister?"

Er lächelte sie an und stand auf, um sie tief zu küssen.

Überrascht stieß sie einen kleinen Schrei aus, als sie seine Lippen auf ihren spürte, überrascht von dem Kuss.

Nach allem, was in den letzten Tagen passiert war, war dies ihr erster richtiger Kuss und sie schmolz mit ihm.

Er trug sie zu seinem Schreibtisch, ohne den Kuss zu brechen.

Er legte es vorsichtig auf den Tisch, damit sie ihre Tasche zurückholen konnte, und sprach leise:

"Ja, mein Sklave, du hast mir heute endlich gefallen."

Er ließ einen Hauch eines Lächelns über sein Gesicht gleiten, als er sie neckte.

"Geh nach Hause, bevor ich es mir anders überlege."

Er tätschelte ihren Arsch und genoss ihr Stöhnen. Er verließ sie und ging zurück in sein Büro.

Ich war mehr als zufrieden.

Aber er wusste nicht, was ihn erwarten würde, als sie am nächsten Morgen aufwachte.

Er fragte sich, ob er sie an seinem Tag der Bestrafung zu weit gebracht hatte.

Er lächelte vor sich hin.

Sie war bezaubernd in ihrer natürlichen Unterwerfung, und obwohl sie irgendwann am Tag zu gehen schien, war sie geblieben.

* * *

Das Auto wartete auf sie, wie er gesagt hatte.

Der Fahrer war freundlich und als er drinnen war, gab er ihm eine Tasche aus einem lokalen Restaurant.

"Mr. Robert hat mich gebeten, Ihnen etwas zu essen zu holen, da er Sie zu spät zu einer Trainingseinheit aufstehen lassen würde."

Er lächelte über die Überraschung und die rosa Farbe, die über ihre Wangen lief, als sie die Tasche nahm und sich bei ihm bedankte.

Der Heimweg war still.

Er starrte sie im Spiegel an, als sie aus dem Fenster starrte, ohne die Landschaft wirklich zu sehen. Ihre Augen waren in Gedanken über ihren Tag versunken.

Er lächelte, als er mit den Fingern seine Lippen berührte und an alles dachte, was passiert war.

Und was passiert ist, es war sein Kuss, der sich verzögerte.

Die Wahrheit war, sie genoss die Dinge, die er sie tun ließ, Dinge, die sie niemals alleine oder mit ihrem Freund getan hätte.

Sie mochte es, so tun zu können, als sei sie ein „gutes Mädchen", das gezwungen wurde, anstatt zuzugeben, dass jede neue Erfahrung, die er ihr machte, ihren Geist und Körper erregte.

Doch von all diesen Dingen war es der Kuss, der bei ihr blieb.

Die Intimität seines tiefen und leidenschaftlichen Kusses war ganz anders gewesen als die maßgebliche und gefasste Art, wie er ihren Körper provoziert und Vergnügen und Schmerz gebracht hatte, wodurch sie sich schuldig und beschämt, bedürftig und begehrend fühlte.

Sie wusste, dass das, was sie als Sklavin tat, nicht richtig war und bis heute Abend hatte sie sich gefragt, wie schlimm sie sein konnte, bevor die Woche vorüber war.

Er berührte wieder seine Lippen, aber der Kuss schien ihn irgendwie nicht so schlecht fühlen zu lassen.

Er hatte seine Liebe und Leidenschaft für sie in diesem einen Kuss gespürt.

* * *

Sie warf sich auf ihr Bett und rollte sich herum, als sie versuchte zu schlafen.

"Sie war aufgewachsen und kannte ihn als Teil ihrer Familie, fast als Onkel. Sie liebte seine nachsichtige, heimelige Frau und war mit seinem Sohn befreundet!"

Sie zog die Decke ab und starrte voller Schuldgefühle und Scham an die Decke.

"Was ist mit ihm passiert?"

Sie stöhnte leise, als seine Hand ihren Körper streichelte, der den Tag noch einmal durchlebte, ihre Wut, ihre Angst, ihre Enttäuschung, ihre Scham, ihr Verlangen, ihr Bedürfnis, ihm zu gefallen und schließlich die Leidenschaft seines Kusses.

Sie kam an diesem Tag zum vierten Mal und schlief schließlich ein.

* * *

Er wachte auf und kroch in die Dusche. Seine Schuldgefühle und Schamgefühle kamen ihm wieder in den Sinn.

Sie hatte fast Angst, zur Arbeit zu gehen und herauszufinden, was dieser Tag für sie bereithielt. Sie fühlte sich schlecht und überlegte einen Moment, ob sie anrufen sollte, um zu sagen, dass sie krank sei, bevor sie den Kopf schüttelte.

Die Panik verließ ihn, als er aus dem Badezimmer kam und er fluchte leise, als er realisierte, dass er zu spät kommen würde.

Er zog sich schnell an und rannte die Treppe hinunter, um aus der Tür zu fliegen.

Er rannte hinaus, um sich vom Vortag direkt in die Arme seines Fahrers zu nehmen.

Er packte sie, als sie zum Bus rannte.

"Susan"

Sie schaute hoch.

"Beruhige dich, Mädchen. Mr. Robert hat mich heute Morgen geschickt, um dich abzuholen."

Sie trat zurück und öffnete die Tür, die sie ins Auto führte.

Sie gehorchte gehorsam fassungslos über seine Anwesenheit.

Als er kletterte, sah er zwei Kisten auf dem Sitz neben sich.

Eine enthielt Zimtkekse mit lächelnden Gesichtern und ihrem Lieblingssaft.

Und in einer größeren Schachtel war eine Notiz an sie gerichtet.

Sie las:

"Guten Morgen mein Sklave, ich hoffe du hast gut geschlafen, ich habe vor, auf dich als meinen wertvollsten Schatz aufzupassen, aber es gibt noch viel zu lernen, wie du deinem Meister gefallen kannst. Du bist jung und schön, du solltest diese altmodische Arbeitskleidung nicht tragen dass deine Mutter dich ausgewählt hat. Frühstücken Sie schnell und ziehen Sie den Anzug aus dieser Schachtel an, bevor Sie zur Arbeit gehen. Machen Sie sich keine Sorgen um den Fahrer, vertrauen Sie und gehorchen Sie. Robert. "

Sie tippte auf die Schulter des Fahrers und fragte, ob sie in einem Café oder irgendwo mit einem Badezimmer anhalten könne, aber er schüttelte den Kopf.

"Nein. Sie sagten mir, ich solle es ansprechen, ohne anzuhalten, Miss."

Sie lehnte sich zurück und überlegte, was sie tun sollte.

Sie wollte nicht bestraft werden, sobald sie hereinkam.

Sie trank die Kekse und den Saft aus, ließ sich in eine Ecke des Autos fallen und hielt ihre Jacke an die Brust, als sie die weiße Seidenbluse anzog, die sie aus der Schachtel genommen hatte.

Ihre Brustwarzen verhärteten sich und drückten sich durch das weiche Material, als sie daran dachte, dass der Fahrer sie ansah, aber sie wollte nicht in den Spiegel schauen, um nachzusehen.

Sie zog den dunkelblauen Faltenrock aus der Schachtel und beugte sich vor, um ihre Nacktheit zu verbergen.

Sie zog ihren Rock aus und setzte den neuen an seine Stelle.

Um ihr Bestes zu geben, hatte sie anstelle der Bluse und des Rocks, die sie trug, die Bluse und den Faltenrock angezogen.

Er nahm eine kleine Jacke aus der Schachtel und legte sie auf den Sitz neben sich. Er überprüfte die Schachtel, um sicherzustellen, dass sie bereits leer war.

Sie fand oberschenkelhohe weiße Spitzenstrümpfe und eine kleinere Notiz ...

"Halte deinen Rock hoch, während du deine Strümpfe anziehst und der Fahrer wird dir das letzte Stück deines Outfits geben. Vertraue und gehorche, kleiner Sklave. Robert."

Beschämt vermutete sie, dass er wahrscheinlich beobachtet hatte, wie sie sich umzog, also wanderte sie ihren Rock hoch und zog die Strümpfe wieder an ihren Platz, wobei der Gummizug über ihre Schenkel zog.

Der Fahrer lächelte im Spiegel und reichte ihr ein Paar dunkelblaue Schuhe mit hohen Absätzen, die zum Anzug passten.

Mit rotem Gesicht nahm sie die Schuhe mit einem sanften "Danke" und legte ihre Kleidung in die leere Schachtel.

Er lehnte sich zurück, zog seine Schuhe an und mied die Augen des Fahrers für den Rest der Reise.

* * *

Als sie aus dem Auto stieg und ihre Anzugjacke anzog, stellte sie fest, dass ihr breites Revers ihre runden Titten umrahmte und die beiden unteren Knöpfe sie von ihrer Taille zogen, um ihre kleinen Hüften zu verbreitern.

Sie strich den kurzen Faltenrock glatt, der kaum die Oberseite ihrer Strümpfe bedeckte, und beugte sich zum Auto.

Als sie merkte, dass ihr nackter Hintern zu spät gezeigt werden würde, griff sie nach der Schachtel mit ihren alten Kleidern und ging schnell in das Gebäude, ohne das Lächeln auf dem Gesicht des Fahrers zu beachten.

Sie dankte ihm für die Reise und er wünschte ihr einen guten Tag.

* * *

Sie erreichte seinen Schreibtisch, steckte ihre Tasche und Schachtel unter ihn und ging schweigend in sein Büro, um darauf zu warten, dass er es bemerkte, als er einen Anruf beendet hatte.

Er lächelte sanft und zeigte auf eine Stelle vor seinem Schreibtisch.

Sie trat nervös auf ihre High Heels, als sie weiter ins Büro ging.

Sie stand vor ihm, als er um ihren Schreibtisch herumging und sie schweigend inspizierte.

Seine Hand bewegte sich über ihren Oberschenkel und unter ihren kurzen Rock, um ihren Arsch zu packen und zu quetschen. Sie lächelte, als sie sich auf die Lippe biss und zu Atem kam.

"Nun, mein kleiner Sklave, du hast mich mit deinem Gehorsam erfreut. Dies ist eines der Outfits, die Alans Sklave gestern für dich ausgewählt hat, gefällt es dir?"

"Oh ja, Meister. Vielen Dank."

Seine Hände umfassten ihre schönen Titten und spielten mit ihren Brustwarzen durch den transparenten Stoff, wodurch sie so hart wie Pfeilspitzen wurden.

"Zieh deine Jacke aus."

Er beobachtete ihre ausdrucksstarken Augen, verstärkte seinen Griff und drückte die harten Knöpfe zwischen ihren Fingern, als sie ihre Jacke abzog.

Ihr Atem stockte, ihre Augen weiteten sich und ein Stöhnen entkam ihr.

"So eine schöne kleine Schlampe, mein Fahrer war so beeindruckt."

Seine Augen wanderten über sie.

"Ich hatte recht, du könntest in diesem Outfit als ungezogenes Schulmädchen gelten."

Er trat einen Schritt zurück, lehnte sich lässig auf den Schreibtisch und sah zu, wie sie rot wurde.

"Zieh den Sklaven aus, alles außer Schuhen und Strümpfen. Es gibt noch andere Dinge, die du tragen sollst, bevor wir unseren Tag beginnen."

Als er zu ihr zurückkehrte, als sie sich auszog, streichelte er sanft ihren Hintern, bevor er ihn schlug und sich in ihr Ohr lehnte, um zu knurren:

"Der Meister genießt das rosa Erröten auf Ihrem Gesäß."

Er drückte ihren Arsch fest, bis sie stöhnte, grinste und schlug sie erneut.

Er nahm sie am Arm, führte sie um seinen Schreibtisch herum und stellte sie neben sich, als er sich setzte.

"Knie nieder, Sklave."

Sie kniete nieder, während er sie beobachtete.

"Das ist der richtige Ort für einen Sklaven und du wirst es heute gut lernen. Wenn du zu mir kommst, wirst du immer knien."

"Jawohl"

Sie sah zu, wie er eine Schublade öffnete und mehrere Goldketten herauszog, bevor er sich wieder zu ihr umdrehte.

Er sprach leise aber streng.

"Es gibt Dinge, die du für mich tragen wirst, die keine Kleidung sind. Lege deine Hände hinter deinen Nacken und behalte sie dort." Er sah, wie Verwirrung ihr Gesicht füllte, als sie ihre Hände hinter seinen Nacken bewegte und ihre Finger schnürte.

Er überprüfte ihre Position kritisch und streckte die Hand aus, um ihre Ellbogen nach hinten zu ziehen, was dazu führte, dass sie sich in ihn wölbte und ihre Titten nach vorne drückte.

Indem er sie grob streichelte und die Brustwarzen mit weiteren Prisen neckte, sprach er erneut.

"Ich werde noch nicht verlangen, dass du diese durchbohrst, aber ich wünschte, sie wären richtig dekoriert."

Er wählte eine Kette aus und zog an ihren Brustwarzen, indem er sie durch kleine Ringe an jedem Ende der Kette steckte.

Sie waren fest genug, um die Kette zu halten, ohne jedoch die Haut zu beschädigen.

Er riss an der Kette und schlug auf ihre linke Meise, ließ sie stöhnen und ließ ihre Augen feucht.

Die Kettenbinder spannten sich um ihre Brustwarzen, als ihre Brust anschwoll.

Nachdem er mehrmals auf ihre Titten geklopft hatte, packte er die Kette, zog sie fest und streckte das Fleisch ihrer Titten, bevor sich die Kette löste.

Sie stöhnte, zitterte und Tränen liefen über ihre Wangen vom Stich.

Sein Schwanz zuckte zusammen, als er sie ansah.

Sie wiederholte den Vorgang, indem sie grob ihre Brustwarzen drückte und drückte und ihre Brüste schlug, während sie fünf verschiedene Ketten ausprobierte und jede ihrer Brustwarzen mit starken Zügen zog, während sie eine andere Kette versuchte.

Die Kette, die sie schließlich wählte, war mit kleinen Glöckchen verziert, die an den Schlaufen hingen, die mit jedem ihrer Ohrfeigen klingelten.

Jetzt hatte sie Tränen in den Augen vor Schmerz, als er seine Haltung noch einmal korrigierte.

Er benutzte seinen Schuh, um sich von den Knien zu stoßen und grunzte.

"Öffne deine Schenkel, kleine Schlampe, ich möchte sehen, wie deine Muschi glänzt, während du den Schmerz genießt, den ich dir gebe."

Das Erröten auf ihrem Gesicht stimmte fast mit den roten Handabdrücken überein, die ihre Titten bedeckten, als sich ihre Brust hob.

Sie spürte den Krampf ihrer Muschi und er tropfte noch mehr bei seinen Worten.

"Wie konnte er das genießen?"

Seine Brust pochte vor Hitze und Schmerz.

"Es muss etwas mit mir nicht stimmen, das war nicht normal. Es gab keine sanften Liebkosungen oder ängstlichen Blicke zwischen ihnen. Nur Befehle, Gehorsam, Schmerz und Vergnügen."

Ihre Gedanken flohen zurück zu dem Kuss des Vortages und ihre Lippen zitterten zusammen mit ihrem Körper, als sie bei der Erinnerung an die Gefühle, die sie gefühlt hatte, schauderte.

Er drückte ihren Schuh gegen ihre Fotze, rieb seinen Zeh unter dem Leder an ihrem geschwollenen Kitzler und sah zu, wie ihr Keuchen zunahm und ihr Körper zitterte, was dazu führte, dass die kleinen Glöckchen glücklich über ihre wunden roten Titten klingelten.

Ich konnte die Hitze in ihren Augen sehen, als ihre Hüften über seinen Schuh rollten und ihn rieben.

Er spielte weiter mit ihrer Muschi und rieb das harte Leder an ihrem geschwollenen Kitzler und dem tropfenden Loch.

Ihr Körper kräuselte sich weiter und schwang ihre Hüften gegen seinen Schuh, um dort Vergnügen zu suchen.

Er fuhr mit den Fingern durch ihr Haar und drehte es, als er ihren Kopf zurückzog und sich vorbeugte, um fast seine Lippen gegen seinen keuchenden Mund zu drücken und hart zu flüstern:

"Komm zum Vergnügen deines Meisters, kleine Schlampe, die Schmerzen genießt. Du gehörst mir."

Er sah zu, wie sie sich fester gegen seinen Schuh wölbte, sich anspannte und schauderte, bevor sie mit seinem Sperma schrie, das ihre Schenkel und ihren Schuh bedeckte.

"Sie war so schön auf den Knien vor ihm."

Er sah in ihre Augen, als sein Schwanz schmerzhaft hart wurde und sich in seiner Hose verfing.

Er hielt seine Hand in ihren Haaren und lockerte den starken Griff, um sie zu streicheln, als sie sich beruhigte.

Ihre zitternden Beine bogen sich, um ihren Hintern auf die Fersen zu schmiegen.

Als sie sich von ihrem Lauf erholte, sagte er zu ihr:

"Mach meinen Schuh sauber. Sklave"

Als er sah, wie sie sich bewegte, um ihre Hand fest in sein Haar zu heben, drückte er ihren Kopf nach unten.

"Mit deiner Zunge, kleine Schlampe, schmecke, wie süß du bist."

Er beobachtete sie, wie ihr Kopf in Anbetung auf ihre Füße gesenkt und gelächelt wurde.

Ihre Nase runzelte vor Abneigung und ihr Gesicht errötete hell, als sie ihre Säfte von ihrem Schuh leckte.

Er hielt sie an seinen Schuh, bis er zufrieden war, dass sie fertig war.

Er schob ihre Füße weg und hielt einen Arm über ihr, als sie sich auf ihre High Heels erhob und die Glocken an ihren Brustwarzen süß klingelten.

"Du hast heute viel zu tun, Sklave, also hast du die geile Arschschlampe gesehen, die du hast."

Er unterbrach sie mit einem Schlag auf den Hintern, lehnte sich zurück und sah zu, wie er ihre Bluse über ihre jetzt verzierten Titten knöpfte.

Die Kette, die ihre Brustwarzen köstlich gegen die reine Seide knallen ließ, die Glocken darunter deutlich sichtbar.

Er blickte zurück in die offene Schublade, steckte die unbenutzten Ketten ein und griff nach einem weiteren Gegenstand, bevor er aufstand und ihn inspizierte, als er fertig war.

Er drückte ihre verketteten Brustwarzen zwischen die Seide und zog sie an seinen Schreibtisch, bevor er ihre Finger losließ und sie auf den Kopf stellte und erneut auf ihren Arsch schlug.

Sie stöhnte und benetzte erneut ihre Augen, als sie den ständigen Schmerz und die Hitze bemerkte, mit denen er sie heute Morgen überschüttete.

Sie zitterte, als er erklärte, dass er heute Morgen noch etwas benutzen würde und dass je schneller sie die Aufgaben erledigte, die er ihr gegeben hatte, desto eher würde er es ihr nehmen.

Sie sah neugierig zu, wie er einen kleinen rosa Plastikgegenstand vor seinem Gesicht trug.

Dieser war wie eine kleine Karotte geformt, aber ihre Neugier wurde durch Angst ersetzt, als er erklärte, wo er ihn verwenden würde.

Sie wand sich unter seiner Hand auf ihrem Rücken und drückte seine Beine gegen ihre.

Ich konnte seinen harten Schwanz in seiner Hose fühlen.

Bilder von ihm, wie er sie besaß, erfüllten ihren Geist, als sein starker Griff schwächer wurde, um sie sanfter zu streicheln.

Seine Stimme flüsterte süß in ihr Ohr, um sie zu beruhigen.

Als er sah, dass Angst in ihre Augen eindrang, hörte er fast auf, aber sie hatte ihren Gehorsam gegenüber allem, was sie heute Morgen wollte, so gut gemacht.

Sie musste wissen, dass ihr nichts verboten war, was er von ihr verlangen würde, also lehnte sie sich an sein Ohr und flüsterte:

"Du, mein Sklave, wirst das tragen, weil ich dein Meister bin und das gefällt mir."

Seine Hand legte das Spielzeug auf den Schreibtisch, als er die weiche Haut ihres Hinterns streichelte.

"Kleiner Sklave, du willst deinem Meister gefallen, oder?"

Er sprach und streichelte sie wie ein scheußliches Haustier.

Flüstert sein Bedürfnis, jeden Teil von ihr zu besitzen, sie zu dominieren und sie vollständig zu besitzen.

Er bewegte seine Hand, streichelte das pinkfarbene Fleisch ihres Arsches und fuhr mit einem Finger zwischen ihrem Gesäß über ihre feuchte kleine Muschi. Er provozierte sie, indem er sanft über ihr Gesäß streichelte und erneut ihre Säfte schmierte, aber jetzt über das dunkle, verzogene Loch von ihr Hintern.

Sie hob das Spielzeug vor ihr Gesicht und flüsterte:

"Du wirst das benutzen, Sklave, für mich, deinen Meister."

Sie rollte das Spielzeug über ihre feuchte Muschi, bedeckte es mit seinem Sperma und drückte es dann gegen ihren Arsch.

Er beobachtete, wie sie angespannt und geballt war, hob seine Hand von ihrem Rücken und schlug leicht auf ihren Rücken.

"Entspann dich, kleiner Sklave, vertraue deinem Meister."

Er drückte fester auf den kleinen Stecker und beobachtete, wie sich ihr Analring langsam um ihn streckte.

Sie spürte Wellen widersprüchlicher Gefühle in sich aufsteigen.

Da er ihrer Gnade ausgeliefert war, biss sie sich auf die Lippe und wusste, wie heiß es für ihn war.

Seine durchdringenden Finger erwärmten ihre empfindliche Muschi wieder, als sie spürte, wie seine andere Hand auf ihrem Arsch spielte.

Sie schauderte, als sie sein Flüstern hörte und seinen harten Schwanz an ihrer Hüfte spürte.

Während er das Spielzeug nahm und mehr mit ihrer Muschi und ihrem Arsch spielte, bis sie es nicht mehr aushielt und sie wieder stöhnte und ihre Hüften bewegte.

Sie spürte, wie er den Stecker zurück in ihren Arsch schob und ihn gegen sie drückte.

Sie spannte sich an und er schlug sie.

Er schloss die Augen und holte tief Luft und miaute bei dem seltsamen Gefühl, seinen Arsch gefickt zu haben.

Es fühlte sich so groß in ihr an, aber sie wusste, dass es nicht so war.

Seine Gedanken schwankten zwischen der Wärme ihrer feuchten Muschi und dem nicht so schmerzhaften, aber erregenden Gefühl an ihrem Arsch, als sich ihr Analring um den Stecker festzog, um ihn an Ort und Stelle zu halten.

Er grunzte, als er sah, wie der Stecker in dem Mädchen verschwand, das ihn anwimmerte.

Er sehnte sich danach, ihr Gesicht zu sehen, als sie den Stecker trug, und hob sie hoch, so dass der Rock ihren Rücken bedeckte.

Als sie ihn mit nassen Augen ansah und ihre Röte auf ihren Wangen leuchtete.

Er schlug sie auf den Arsch und griff mit ihren Fingern nach dem Stecker, um damit zu spielen, während er die Emotionen beobachtete, die ihr Gesicht bedeckten.

Er lächelte in ihr weiches Gesicht, als er sich vorbeugte, um ihre zitternden Lippen zu küssen.

"Sie haben mich heute Morgen sehr erfreut, mein Sklave. Aber ich warne Sie, dass dies ein ziemlich langer Tag für Sie sein wird. Wenn Sie also Pläne für heute Abend haben, müssen Sie absagen. Überlegen Sie sich eine Entschuldigung." Er lächelte sie an.

"Und du kannst deinen Eltern sagen, dass du mit mir an einem Geschäftspartner-Abendessen teilnehmen wirst, da ich deine außergewöhnlichen und einzigartigen Fähigkeiten benötige."

Sie hörte, wie er sich auf die Lippe biss und errötete, als er mit dem Stecker an ihrem Arsch und dem Zusammenpressen ihrer Muschi bei seinen Worten spielte.

"Sie hatte ihm gefallen!"

Sie war erstaunt darüber, wie sie sich dabei fühlt, wenn sein Kuss ihre Freude erfreut.

Sie trat vor, um seinen Schwanz zu bürsten, und erkannte, wie sehr sie es in sich fühlen wollte, anstatt in den Spielsachen, die er sie jeden Tag benutzen ließ.

Die Erkenntnis davon ließ ihre Wangen noch mehr brennen und ihre Gedanken ahmten seinen befehlenden Ton nach:

"Du, kleine Susy, bist seine Hure geworden."

Sie konnte nicht anders als die Freude, ihn angesichts der gestrigen Enttäuschungen zu erfreuen.

Die Schande und Demütigung darüber, wie sie ihm gefiel, überkam sie kurz.

Er legte ihren Kopf an ihrem Kinn hoch und sah ihr in die Augen, sah ihre widersprüchlichen Gefühle, lächelte und küsste sie tief.

Sie schmolz wieder.

****

Sie saß etwas unbeholfen an ihrem Schreibtisch und rief ihre Eltern an, um ihnen zu sagen, dass sie zu einem Arbeitsessen gehen würde, eine

Freundin, von der sie gedacht hatte, sie könnte sich nach der Arbeit zum Kaffee treffen, und den Freund, den sie bereits abgesetzt hatte für das Wochenende.

So wurden die Telefonanrufe schnell beendet und sie schickte ihrem Meister eine Sofortnachricht, um ihn zu informieren.

Er rief sie zurück in sein Büro und sie betrat den Raum, schloss die Tür hinter sich und ging zu seinem Schreibtisch, bevor sie kniete, um sich vor ihn zu stellen.

Er inspizierte es und passte seine Position an, bevor er fortfuhr.

Sie hörte aufmerksam zu, als er den Sklaven die kniende Position erklärte: Knie offen, Hände hinter dem Rücken, Kopf leicht zu ihm geneigt, Lippen geöffnet.

Sie erklärte die Sitzposition der Sklaven, die dem Knien sehr ähnlich war, mit der sie ihre Knie ausruhen konnte, indem sie mit dem Hintern auf den Fersen saß.

Wenn Sie gebeten würden, sich zu zeigen, wenn Sie auf den Knien oder im Stehen waren, würden Sie Ihre Hände hinter dem Nacken verschränken und Ihre Ellbogen und Schultern wie zuvor zurückziehen.

Er bat sie, dies zu üben und mit einem Ein-Wort-Befehl zu knien, sich zu setzen oder sich zu zeigen, während sie ihm für den Rest der Tage von den Aufgaben erzählte.

Es würde ein spätes Mittagessen mit einigen Freunden aus seinem Club in seinem Büro-Besprechungsraum geben.

Sie müssten heute nicht kochen oder servieren, aber zu anderen Zeiten wäre dies Teil Ihrer Pflichten.

Er warnte sie streng, dass sie nicht zögern dürfe, seinen Befehlen heute Folge zu leisten, oder dass die Strafen weit über das hinausgehen würden, was sie gestern erlebt habe.

Sie schauderte und flüsterte:

"Ja Meister".

"Du wirst mir vertrauen, kleine Susy, dass du von allen Besitztümern, die ich habe, der wertvollste bist."

Er sah in ihre Augen und sah, dass sich ihre Augen verwirrt weiteten.

"Ja Sklave, du bist mein Eigentum. Du bist ein kostbarer Schatz und du gehörst mir."

Sein Gehirn schrie ihn an:

"Eine Woche habe ich akzeptiert, es war ein Spiel!"

Seine Gedanken drehten sich: "Er erinnerte sich nicht einmal daran, seine Zustimmung für die Woche zum Ausdruck gebracht zu haben. Wie hatte er dem zugestimmt? Er redete, als wollte er sie für immer als seine Sklavin behalten!"

Sein Gesicht zeigte sein wachsendes Gefühl der Angst, bevor sein Mund in einem tiefen leidenschaftlichen Kuss auf ihren niederging.

Sie konnte seine Sehnsucht, sein Bedürfnis nach ihr, seine Liebe in diesem Kuss spüren und sie verschmolz in ihren Gedanken, hörte auf, ihn zu befragen und erinnerte sich daran, dass er versprochen hatte, dass sie am Ende der Woche sprechen würden.

Er unterbrach ihren Kuss, erhob sich auf die Knie, wo sie atemlos war, und wandte sich an ihren Schreibtisch.

Er legte mehrere Akten auf die Kante ihres Schreibtisches, damit sie sie persönlich an einige der Führungskräfte verteilen konnte, und in der Reihenfolge, in der sie sie arrangiert hatte, sowie eine Liste mit verschiedenen Aufgaben für das gesamte Unternehmen, einschließlich der Überprüfung. Essen für Ihr Mittagessen zuzubereiten.

Sie nahm alles auf, was er ihr erklärte und sagte leise:

"Ja, Meister", als er fertig zu sein schien, aber blieb, wo er war, bis er ihm etwas anderes sagte.

Er sah auf seine Uhr und schlug vor:

"Beeil dich besser, kleiner Sklave, das Training hat länger gedauert als geplant und du hast noch viel zu tun, bevor meine Gäste ankommen."

Er kehrte abrupt zu seiner Arbeit zurück und sie knicte sich für einen verwirrten Moment nieder, bevor sie aufstand, die Akten und die Liste ergriff und zu ihrem Schreibtisch zurückkehrte, um die Aufgaben zu sortieren und wie man sie am besten angeht.

Sie schickte ihm eine Sofortnachricht, um ihn über ihre Abreise aus ihrem Büro zu informieren.

"Beeil dich, Sklave. Du hast zwei Stunden Zeit. Verweilen Sie nicht, denn alle zehn Minuten, wenn Sie zu spät kommen, werde ich Sie bestrafen."

Sie ließ diese Antwortnachricht auf ihrem Bildschirm aufblitzen und eilte davon.

Sie stellte fest, dass ihre neuen, überdurchschnittlichen Absätze ihre Hüften stärker schwanken ließen, und der Faltenrock rollte und prallte mit jedem Schritt ab.

Er hielt die Akten an seine Brust, damit die Glocken nicht klingelten.

Er wäre fast in die Küche und andere Aufgaben geflogen, bevor er die Akten übergeben hätte, um sich so lange wie möglich zu schützen.

Sie lächelte und sprach wenig, als sie die Küchen und andere kleine, leicht zu erledigende Aufgaben überprüfte. Sie war sich der Kette und des Steckers, die sie für ihn verwendete, immer noch sehr bewusst und machte sich Sorgen, dass die Hitze, die sie ständig zwischen ihren Beinen spürte, für jeden offensichtlich werden würde. Person, von allen, die sie gesehen haben.

Er sah glücklich auf die Uhr, als es dauerte, und begann schließlich, Akten und Notizen persönlich an Führungskräfte zu übergeben.

Sie war sich bewusst, wie kurz ihr Rock war und wie dünn das Oberteil über ihren verketteten Titten ohne BH war, und errötete wütend, als die Augen der Aktenempfänger über sie fegten oder zu lange auf ihr verweilten.

Sie versuchte, die Akten, die an ihrer Brust klebten, aufzubewahren, aber die meiste Zeit baten sie sie, sie auf den Tisch zu legen und zu warten, während sie überprüften, was sie ihnen gebracht hatte.

***

Obwohl er ständig auf die Uhr geschaut hatte, wurde ihm klar, dass er bereits zu spät zu seinem Schreibtisch zurückkehren würde, als er seinen letzten Auftrag in Alan Clarksons Büro erreichte.

Als Susan Anne an ihrem Schreibtisch sah, die sie anlächelte, wurde sie rot und trat näher.

"Danke für das schöne Outfit, Anne. Es passt perfekt zu mir." Flüsterte Susan fast.

Anne kicherte glücklich.

"Ich sehe, wie gut es zu dir passt! Oh, Liebling, ich finde es fabelhaft, obwohl ich mir schon vorgestellt habe, dass es sehr gut zu dir passen würde. Lass mich dem Meister sagen, dass du hier bist, dass er dich auch sehen will!"

"Ich habe eine Akte für ihn."

Rief sie erschüttert aus, als ihr klar wurde, dass Anne auch eine Sklavin war.

Susan sah sie mit kritischeren Augen an und bemerkte, wie sie angezogen war.

"Großartig. Also erreichen wir zwei Ziele mit einem Besuch", zwinkerte er und lachte erneut, als er eine Sofortnachricht auf dem Bildschirm tippte und auf eine Antwort wartete.

Sie lachte über seine Antwort und erklärte, dass er die Analogie der beiden Ziele mochte.

Er trat hinter seinem Schreibtisch hervor und nahm Susan am Arm, als er sie in Alan Clarksons Büro führte.

Alan kam hinter seinem Schreibtisch hervor.

"Gib mir die Akte und lass mich dich ansehen, Susan, Schatz."

Er sah sie an wie einen hungrigen Wolf, der nach der Akte griff.

Er errötete tief und reichte ihr die Akte.

Er machte ein "hmm" Geräusch und umkreiste sie.

"Zeig dich, kleine Susan."

Ihre Augen weiteten sich und sie sah ihm für einen Witz ins Gesicht, sah aber keinen, also weitete sie ihre Haltung und hob ihre Hände zum Nacken hinter seinem Nacken.

"Ooh Glocken, wie schön. Ich wusste, dass er 'Glocken für seine Susan' haben möchte."

Er lachte laut und schlug Anne auf den Arsch und sagte:

"Ich habe es dir nicht gesagt!"

Da sie nicht wusste, was sie tun sollte und nicht ungehorsam erscheinen wollte, erstarrte sie, bevor dieser Meister zurückkehrte, um ihren Platz einzunehmen, als er sie beobachtete.

"Spring Susan, ich will die Glocken hören."

Sie sprang und er winkte ihm mit der Hand, damit sie weitermachen konnte.

Sie versuchte es, aber ihre Sprünge waren klein, als sie auf ihren High Heels wackelte und zusammenzuckte, als ihr Rock sich hob und senkte und ihre Nacktheit darunter zeigte.

Es fiel fast in einem Moment ab, bis er seine Hand ausstreckte. und packte ihren Arm, um sie zu stützen.

"Danke, Mr. Clarkson." Sie schnappte nach Luft.

"Du kennst Susan, du hast die farbenfrohsten verspielten Brüste, die ich seit langer Zeit gesehen habe. Du solltest darüber nachdenken, deine Brustwarzen zu durchbohren. Deine Brüste würden für deinen Meister noch schmackhafter und unwiderstehlicher aussehen." Sagte Alan sehr ernst als er sie studierte.

Sie erblasste, als er sprach.

Er musste den Ausdruck in ihren Augen gesehen haben, als er sich schnell zu Anne umdrehte.

"Zieh dein Hemd aus, damit Susan deins sehen kann."

Er wandte sich an Susan.

"Sie hat sie kurz nach ihrem Eintritt in die Firma machen lassen."

Susan sah die blonde Frau an, die Alans Augen nicht begegnen konnte, als sie noch roter wurde.

Anne trug einen BH, der ihre großen Brüste nicht bedeckte, sondern wie ein Regal stützte.

Ihre Brüste waren mit breiten und langen goldenen Ohrringen geschmückt, die an ihren Brustwarzen hingen.

Susan erstarrte, bis Alan seinen Finger in den linken Ring einhakte und ihn anhob, wodurch ihre Brust gezwungen wurde, sich in eine Kegelform zu strecken, was Anne dazu brachte, guttural zu stöhnen.

Alan leckte sich die Lippen und lächelte.

"Sie ist einfach wunderschön, nicht wahr Susan?"

"Ja, Mr. Clarkson."

"Unwiderstehlich wie gesagt, aber wir müssen alle arbeiten, bevor wir spielen können." Er lächelte sie ansteckend an und zwinkerte ihr zu: "Du rennst besser zu deinem Schreibtisch, Susan, dein Meister wird auf dich warten, da bin ich mir sicher. Lass ihn wissen, dass ich mir heute vor dem Mittagessen die Akte ansehen werde. Wir sehen uns dort."

Er kicherte und schickte sie zurück, hielt sich immer noch an einer jammernden Anne für den goldenen Ring fest.

"Ja, Mr. Clarkson", sagte Susan, drehte sich um und rannte fast aus dem Büro. Sie schloss leise die Tür hinter sich.

Er holte tief Luft, um sich zu beruhigen, und eilte zurück zum Büro seines Meisters.

Auf dem Weg zurück zu ihrem Schreibtisch wollte sie nicht anhalten oder mit jemandem sprechen. Sie ging mit gesenktem Kopf, versteckte ihre Röte und beugte sich vor, um zu versuchen, ihre klingelnden Titten zu verschleiern.

Er kam mit Rekordgeschwindigkeit an seinem Schreibtisch an und schickte ihm eine Sofortnachricht, um ihn wissen zu lassen, dass er zurück war.

DER RAUM DER STRAFEN

Er rief sie sofort an.

Er duckte sich in sein Büro und fiel direkt vor der Tür auf die Knie.

Er stand auf und ging am Eingang des Raumes auf sie zu. Er bellte: "Folge mir. Du bist zu spät."

Er sprang auf und rannte hinter ihm in einen Nebenraum, nur ein paar Schritte hinter ihm.

Dieses Zimmer hatte eine seltsame Dekoration.

Er drehte sich um.

"Zieh dich aus, aber zieh deine Strümpfe an."

Sie folgte schnell dem Ruf seiner Befehle, gehorchte ihm ohne nachzudenken, blieb nackt und zitterte, während die Glocken ihrer Titten klingelten.

Ihre Aufmerksamkeit konzentrierte sich auf ihn, als sie sah, wie er eine Schublade öffnete und ein weißes Korsett herauszog.

Er trat hinter sie, wickelte das Korsett um ihren Körper und begann sie fest um ihre Taille zu binden.

Das Cup-Revers folgte der Kurve ihrer verspielten Titten und endete knapp unter ihren Brustwarzen.

Kleine, harte, verkettete rosafarbene Knospen ragten über die Goldkette und die Glocken und fügten ihrem Stöhnen ihr Liedchen hinzu.

Währenddessen schaute sie immer noch, ohne die Wand zu sehen, und konzentrierte sich dann auf ihre Hände. Sie schätzte das Gefühl des Korsetts, mit dem er sie band.

Er schlug ihn auf den Hintern, als er fertig war.

Sie quietschte mehr vor Überraschung als vor Schmerz, als er sie wie eine Puppe hochhob, sie warf und sie an einen gepolsterten Balken drückte, der Teil der seltsamen Möbel in diesem Raum war.

Sie war groß und baumelte an ihren Beinen und trat gegen den Strahl, um wieder ins Gleichgewicht zu kommen, als sie ihren Hintern erneut aufschlug.

Er ging weg und fragte sie ein bisschen.

"Was hast du so lange gebraucht, kleiner Sklave? Hast du Zeit für alle Führungskräfte verschwendet, um zu sehen, was für eine großartige Hure du mit deinen neuen Kleidern und Accessoires bist?"

Sie stöhnte und wurde noch roter.

Ihr Gesicht wurde scharlachrot, als die Hand auf ihren Hintern gedruckt wurde.

Sie spürte, wie er sich bewegte und gegen sie streifte, als seine Finger ihr Gesäß spreizten und sie tasteten.

Sie sah ihn über ihre Schulter an, als er ihren Arsch ansah und noch roter wurde, ihre Demütigung, ihn missfallen zu haben und die verletzliche Position, in der er sie veranlasste, sich bei seinen Worten zu verbiegen.

Ihr Atmen war wegen des engen Korsetts schwierig, so dass sie anfing zu schnappen und zu stöhnen.

Seine Hände teilten ihr Gesäß und er sah auf das hartnäckige Spielzeug hinunter, als sie zitterte und ihr Arsch es drückte.

Er fuhr mit den Händen über ihre glatte Haut und schwelgte in der Tatsache, dass sie seine war, um zu dominieren und zu genießen, wie er es wünschte.

Er beobachtete ihre glitzernde feuchte Muschi, während seine Finger mit dem Stecker spielten, den er knurrte:

"Ich kann sehen, dass du es genossen hast, das für mich zu benutzen, du kleine Schlampe."

Er sprach mit einer Kante zu seiner Stimme, als er den Stecker leicht festzog, so dass sich ihr Anus langsam vor seinen Augen ausstreckte.

Sie stöhnte fast außer Atem.

"Ja Meister".

Er lächelte und genoss den Anblick und das Geräusch dieses perfekten kleinen Körpers.

Seine jammernde Musik in seinen Ohren, als er den Stecker entfernte, langsam beobachtete, wie sich der Ring ihres Anus öffnete und sich langsam wie ein enger dunkler Stern zusammenzog.

Er neckte sie noch einmal mit seinem Finger:

"Jeder Teil von dir gehört mir, kleiner Sklave! Deinem Meister ist nichts verboten."

Sein Finger stieß in sie hinein und hörte sie als Antwort auf ihn schreien.

Er konnte fühlen, wie ihr Hunger nach ihm kaum kontrolliert wurde, also zog er seine Hand weg und ging von ihrem Knurren weg:

"Du verstehst, dass ich jetzt deine Verspätung bestrafen muss, oder?"

"Jawohl."

Sie spürte den Stich auf ihrem Hintern, nicht so stark wie gestern, aber genug, um nach Luft zu schnappen und das Gleichgewicht auf dem Balken wieder zu verlieren, als sie schaukelte und schaukelte.

Er konnte die Welt fühlen, ein Kribbeln brannte in seinem Fleisch und er begann Entschuldigungen und Ausreden auszustoßen.

Er brachte sie mit einem weiteren stechenden Peitschenhieb zum Schweigen.

Weiter, während seine Finger über die beiden Rohrleitungen liefen.

"Sie müssen Ihre Zeit verschwendet haben, seit Sie fünfundvierzig Minuten zu spät waren."

Die Peitsche traf sie erneut zweimal hintereinander und sie kreischte und zuckte am Balken.

"Und für die zusätzlichen fünf Minuten ..."

Die Peitsche landete hart auf ihren Schenkeln.

Sie stöhnte mit Tränen, die ihr Gesicht verwischten, als stechende Striemen brennenden Schmerz über ihren Körper ausstrahlten.

Er konnte sehen, wie ihre Muschi vor Nässe glitzerte, also bewegte er die Peitsche zwischen ihren Beinen und rieb die flache Lederspitze über ihren Kitzler.

Sie schnappte nach Luft und zitterte.

Er spielte weiter mit ihr, indem er einen Finger in ihren Arsch drückte, während sie zitterte und stöhnte, während ihre Hüften zwischen seiner Hand und der Peitsche gegen ihren geschwollenen Kitzler drückten.

Er fing an, seinen stärksten Finger in sie zu pumpen und fügte einen zweiten Finger hinzu, als sie sich widersetzte und in Not miaute.

Sie kam explosionsartig und fiel fast vom Strahl, aber seine Hand grub sich in ihren Arsch.

"Was für eine freche Schlampe bist du? Wie magst du Schmerz?"

Er zog seine Finger von ihr zurück, als er sah, wie ihr Körper vor Krämpfen zuckte.

"Du musst warten, bis dein Meister dir sagt, wann du kommen kannst, Sklave."

Die Peitsche bohrte sich noch einmal in ihr Fleisch und sie schrie.

"Verstehst du mich, Sklave?"

"Jawohl."

Sie heulte, als die Peitsche wieder einen sehr brennenden Schmerz über ihre Schenkel verursachte.

Sie fühlte mehr als sie den kleinen elastischen Stoffstreifen sah, den er an ihren Beinen hochzog und sich um ihre Hüften legte, bevor er sie vom Balken zog und sie auf wackelige Beine hob.

Sie sah nach unten, der Materialstreifen war breit genug, um ihr Geschlecht zu bedecken, und zuerst dachte sie, es könnte wie ein Gürtel sein.

"Show Sklave", sagte er, als er seine Hände an seine Taille legte und die Haltung seiner Schenkel und seines Arsches bei jeder Bewegung verbreiterte und anpasste.

Sie erkannte jetzt, dass es sich um eine Art Rock handelte.

Sie ging zu einem Schrank, zog ein Paar weiße High Heels heraus und legte sie ihr zu Füßen, damit sie sie anziehen konnte.

Er umkreiste sie und fuhr mit seinen Fingern über die rot umrandeten Linien, die sich unter ihrem bunten Rock zeigten.

"Du hast dich noch nie so gesehen wie jetzt, Susy."

Er beugte sich vor und küsste die Tränenspuren unter ihren immer noch wässrigen Augen und sprach leise.

"Mmm, meine kleine Schlampe, ich liebe es, Ihre Angst zu sehen, aber wir erwarten Gäste, also gehen Sie in das private Badezimmer in der zweiten Tür rechts. Dort finden Sie Ihre üblichen Make-up-Marken. Reparieren Sie Ihr Gesicht und Ihre Haare."

Er reichte ihr ein goldbedecktes Band.

"Legen Sie dieses Band an. Kein Parfüm. Und gehen Sie zurück zu meinem Schreibtisch."

Er ging ins Badezimmer und stellte sich vor den Ganzkörperspiegel.

"Wer ist sie?" habe gedacht. "Was war mit dem 'guten Mädchen' passiert, das sie ihr ganzes Leben lang gewesen war? Wie war sie die Hure geworden, die sie im Spiegel sah?"

Sie bewegte sich und wand sich, als sie bemerkte, dass der Rock ihre Muschi oder ihren Arsch überhaupt nicht bedeckte, sondern ihre Striemen und ihren ständigen Erregungszustand hervorhob.

Es ist ein Spiel, dachte er und wusste in seinem Kopf, dass es weit über ein Spiel hinausging und dass er nur bis zum Ende der Woche warten konnte.

"Was würde dann am Ende der Woche passieren?"

Seine stillen Fragen hörten auf, während er über diese Frage nachdachte.

"Atme", sagte sie sich, "atme einfach und gehorche."

Sie löste sich von ihren ständigen Fragen und trug ihr Make-up erneut auf ihr Gesicht auf.

Sie band ihr welliges Haar zu einem engen Pferdeschwanz zusammen und ging zurück zum Ganzkörperspiegel.

"Atme, atme einfach und gehorche." Sie wiederholte sich.

Sie warf einen letzten Blick darauf und atmete langsam. Sie kehrte zu ihm zurück, ging zu seinem Schreibtisch und kniete vor ihm, wie es ihm beigebracht worden war.

Er sah zu, wie sie mit den abgerundeten Wangen ihres Arsches ging, die köstlich freigelegt waren. Die Striemen zeigten sich rot und wütend, als sie vorsichtig auf ihren Fersen ging und ihre Hüften wie eine Hure schwankten, die zum Vergnügen bereit war.

"Es ist meins", sagte er sich fast ungläubig.

Sein Training war diese Woche so gut vorangekommen; besser als er es sich erhofft hätte.

Jedes Hindernis, das er aufstellte, schien relativ leicht zu überwinden.

Ständig besorgt, dass er zu schnell fahren würde, wäre sie gestern fast weggelaufen und hätte heute Morgen Angst in ihren Augen gesehen, aber am Ende hatte sie immer gehorcht.

Ihre Unterwerfung war durch die Kombination ihres herrschsüchtigen Vaters und ihrer liebenswürdigen Mutter beinahe in ihr zur Sprache gebracht worden.

Er hatte sie so lange gewollt.

Die Entdeckung seiner Lust an erotischen Schmerzen weckte nur seinen Wunsch, sie zu dominieren.

Er wollte sie am Ende der Woche nicht gehen lassen, obwohl er wusste, dass er sie durch Erpressung oder Zwang zwingen konnte, eine Sklavin zu bleiben, wusste er, dass eine solche Beziehung seine Wünsche niemals erfüllen würde.

Er brauchte ein Band des Vertrauens und der gegenseitigen Liebe, damit sie seine Dominanz wollte, wie er ihre totale Unterwerfung wollte.

Er starrte sie lange an, als sie vor ihm kniete.

Er hatte hart gearbeitet, um an diesen Punkt in seinem Leben zu gelangen.

Er hatte seine eigene Firma und seinen eigenen Club, die seine dunkelsten Wünsche beflügelten, alles in seinem Leben zu beherrschen und zu kontrollieren.

Er hatte eine Frau, eine Familie und ein Zuhause, um die viele beneideten, aber all das war nie genug gewesen.

Er konnte jeden Sklaven in der Firma oder im Club haben, und er hatte gelegentlich viele davon getragen.

Aber er hatte den gesucht, den er gleichzeitig besitzen und lieben konnte, etwas, das ihm immer entgangen war.

Er sah in ihre hellgrünen Augen.

Susan war anders, ihr Wunsch war es, dass sie viel mehr als ein Körper ist, den sie nach Belieben benutzen und missbrauchen kann.

Ich wollte das kleine Mädchen besitzen, kontrollieren und pflegen, jeden Teil ihres Lebens beherrschen und ihr zeigen, wie tief die Liebe eines Sklaven und eines Meisters sein kann.

Wie anders als Ehemann und Ehefrau oder Liebhaber, aber es war viel tiefer und vertrauensvoller.

Er nahm ein weißes Samtband von ihrem Schreibtisch und beugte sich vor, um sie tief zu küssen.

Als er das Klebeband um seinen Hals legte.

Sie erschrak, als sie hörte, wie der Clip sie wie einen engen Halsreif schloss.

Seine Hände streichelten sie weiter, als der Kuss anhielt.

Er streichelte ihre Schultern und bewegte sich über ihre Brust, um die harten kleinen Knospen zu kneifen, die sie schüttelten, um den Klang der Glocken und ihr Stöhnen in seinem Kuss zu hören.

Er unterbrach den Kuss und stand auf, zog sie an ihren Brustwarzen näher an sich heran.

"Unsere Gäste werden bald ankommen, komm mein kleiner Sklave."

Er führte sie in den Besprechungsraum und schob sie vor sich, er sagte einfach:

"Geh nach da drüben."

Er beobachtete sie, als sie sich auf die Lippe biss und die Anzahl der Stühle betrachtete.

Sie ging zum Kopf des ovalen Tisches und kniete sich neben seinen Stuhl auf den Boden.

"Sehr gut, mein kleiner Sklave, was hast du heute gut gelernt?"

TREFFEN MIT DEN MEISTERN

Das Küchenpersonal war mit dem Essen angekommen und war in der kleinen Küche beschäftigt, um die letzten Details des Festes vorzubereiten.

In der Zwischenzeit nahm sein Meister einen großen Stuhl und zeigte an, dass er neben ihm saß und einen Platz auf dem Boden anzeigte.

Sie zuckte zusammen, als sie seinen Platz einnahm und hörte zu, als er leise mit ihr sprach:

"Die Männer, die heute kommen, sind einige meiner ältesten Freunde. Sie sind auch Meister und werden ihre Sklaven mitbringen."

Er beobachtete sie, als sie seine Worte aufnahm und fuhr dann fort:

"Du wirst ihnen gehorchen, wie du mir gehorchen würdest. Aber ich werde nicht zulassen, dass es dir weh tut, kleine Susy."

Sie biss sich auf die Lippe, die Striemen schmückten ihren Hintern und ihre Beine pochten immer noch vor Beweisen dafür, was passieren würde, wenn sie ihn enttäuschte.

Sie sah auf, als er verstummte und in seine Augen sah, flüsterte:
"Wenn ich liebe".

Er wollte gerade etwas mehr über seine Gäste fragen, als ein Mann, der ein Mädchen an der Leine hielt, das Büro betrat.

Er lächelte warm, streckte die Hand aus, ergriff Roberts und schüttelte ihn fest.

"Sind wir die ersten, die ankommen?"

"Eigentlich Steve, das stimmt. Schön dich zu sehen." Er sah nach unten und fragte: "Und wie geht es dir heute, Shaky?"

Susan war überrascht, als das Mädchen mit einem "Hiip" antwortete, wie das Geräusch eines kleinen Hundes, und sich windete, als er ihren Kopf tätschelte.

Susan sah sie genauer an, als sie bemerkte, dass sie eine rote Lederhalskette mit dem Wort "Hündin" in Diamanten auf der Vorderseite trug.

Susan bewunderte das Spitzenkleid, das der Sklave trug, als sie ihren Namen hörte, und sah errötend auf, als der andere Meister sie begrüßte.

"Schön, Sie kennenzulernen, Sir", kam sie mit quietschender Stimme heraus, als sie noch tiefer rot wurde und sich bewusst war, wie exponiert sie sich fühlte.

Ihre Aufmerksamkeit kehrte zur Tür zurück, als sie das laute Lachen von Alan Clarkson hörte, der mit einem Mann eintrat, der mit dem Mann identisch war, der sie gerade begrüßt hatte.

Susan schaute von einem zum anderen und drehte den Kopf, als sie die beiden Zwillingsmeister beobachtete.

Betäubt dauerte es einen Moment, bis ihr klar wurde, dass ein schlankes Mädchen immer noch schweigend hinter dem Paar lachender Amos steckte.

Derjenige, der mit Alan eingetreten war, war Master John, Steves Zwillingsbruder, gefolgt von einem schlanken Mädchen, seiner Sklavin Samantha.

Natürlich war sie auch hinter Anne, die lächelte und ihr zuzwinkerte.

Die letzten beiden Mitglieder der Gruppe kamen innerhalb weniger Minuten mit ihren Mädchen an.

Susan saß schweigend da und versuchte, keine Aufmerksamkeit zu erregen, als die Männer sich und die Mädchen begrüßten.

Sie senkte den Kopf und lächelte, als sie begrüßt wurde, ohne der schrillen Stimme zu vertrauen, die den ersten Meister begrüßt hatte.

Deshalb schwieg er in seiner Nervosität.

Sie alle zogen in den Besprechungsraum, den das talentierte Küchenpersonal wie ein altes Esszimmer empfunden hatte.

Susan studierte die letzten Gäste.

Meister Barry war ein großer Mann, der lässiger gekleidet war als die anderen Meister, da er Jeans und eine Jacke trug, die im Gegensatz zu den fein gearbeiteten Anzügen der anderen Meister seltsam aussah.

Ihm folgte Cinthia, eine große Blondine mit einem athletischen Körperbau, deren Muskeln sich bei jeder Bewegung zu kräuseln schienen.

Das letzte Paar war Master James, ein älterer Herr mit strahlend blauen Augen, gefolgt von Amy, einem molligen Mädchen mit einem winzigen Mund, der sie wie einen Amorengel aussehen ließ.

Alle Mädchen saßen wie sie neben den Stühlen ihrer jeweiligen Meister, als die Kellner mit Wein und Essen zum ersten Gang eintraten.

Die Hand ihres Meisters fütterte sie mit kleinen Bissen von seinem Teller und sie genoss den Geschmack des reichhaltigen Essens.

Sie beobachtete die anderen Mädchen, als die Meister über Geschäfte und gemeinsame Freunde diskutierten.

Anne lehnte sich mit den Armen um das Bein ihres Meisters, Shaky schien sich auf seinen Füßen zusammenzurollen, Amy hatte ihren Kopf auf den Oberschenkel ihres Meisters gelegt und Cinthia schien ihren Pferdeschwanz mit kleinen Bewegungen ihres Kopfes fast zu schütteln.

Anne fing seinen Blick auf und zwinkerte ihm zu.

"Wir brauchen hier eine Serviceglocke, Robert, wo sind diese Kellner?" Master James beschwerte sich.

"Vielleicht könnten wir stattdessen Susan schütteln", lachte Alan.

Die Augen der älteren Meister leuchteten bei der Aussicht auf und runzelten dann die Stirn.

"Ein Mädchen, das so klein ist, dass ich bezweifle, dass es genug Lärm machen kann."

Robert lachte gutmütig.

Hörst du jemals auf dich zu beschweren, James?"

"Ich könnte es tun, wenn du dein kleines Mädchen schüttelst."

Susan sah zu, wie ihr Meister nach unten griff und die Kette zwischen ihre Brustwarzen zog, sie schüttelte und die Glocken süß läutete.

"Ich denke du hattest Recht, James, es macht nicht viel Lärm."

Nachdem er dies gesagt hatte, schlug seine Hand blitzschnell auf ihre rechte Meise ein und ließ sie eher überrascht als vor Schmerz schreien.

"War das besser?"

"Das war kaum mehr als ein Kreischen."

James lächelte und seine blauen Augen leuchteten zu ihr auf.

Wie als Reaktion auf das sogenannte Quietschen erschienen die Kellner, entfernten die Teller und ersetzten sie durch üppigeres Essen.

Die Meister sprachen wieder über Geschäfte, während Susan sich erneut dem Studium der Mädchen zuwandte.

Sie fragte sich, ob sie Sklaven sein wollten oder ob sie wie sie in dieser Situation gefangen waren.

Aber war sie gefangen?

Zuerst vielleicht, aber jetzt war sie sich da nicht ganz sicher.

Vielleicht fing er an, es mehr als alles andere zu mögen.

Er sah sich wieder in der Gruppe um und schüttelte den Kopf.

Das schien kaum real zu sein.

Die Normalität, sich hinzusetzen und mit der Hand kleine Bissen vom Teller Ihres Meisters zu nehmen, als ob es jeden Tag geschehen würde.

Vielleicht war sie so in dieses Spiel verwickelt, dass sie ihre Sklaverei nicht mehr als schlecht ansah?

Seine Gedanken rasten durch seinen Kopf, als er gehorsam seinen Mund öffnete und schloss, um einen weiteren Bissen zu bekommen.

Er fragte sich, ob die Affektionen des Mädchens Teil seiner eigenen Persönlichkeit waren oder ob sie nach dem Willen ihrer Meister geformt worden waren.

Und sie fragte sich auch, wie diese Mädchen sie mit ihrer ständigen Röte und Naivität angesehen haben mussten.

Kannst du sagen, dass sie keine wahre Sklavin war?

In ihren eigenen Gedanken versunken, hatte sie den Gesprächen der Lords nicht zugehört und war überrascht, als die anderen Lords aufstanden und den Raum verließen und die Mädchen allein ließen.

Sie sah neugierig zu ihrem Meister auf, als auch er aufstand.

Er griff nach unten und streichelte sanft ihre Haare.

"Ich bin bald zurück, Kleiner."

Sie nickte leicht und sah ihnen nach.

Sobald sich die Tür schloss, stand die mollige Amy auf und überflog den Tisch, bevor sie auf den leeren Sitz ihres Meisters rutschte und ihr fast volles Weinglas an ihre winzigen Lippen hob.

Samantha verdrehte die Augen.

"Du bist eine Göre Amy, du solltest dich besser nicht von ihnen dort erwischen lassen."

"Mach mal Pause Samantha, du bist nicht das älteste Mädchen hier." Shaky mischte sich ein: "Amy ist immer eine Göre, die sich nicht ändert, und wir müssen Spaß mit dem neuen Mädchen haben." Sie lächelte zahnig in Susans Richtung. "Sie müssen uns schöne Susan erzählen, wie Sie den schwer fassbaren Meister Robert gefangen haben."

Sie war näher zu ihr gekrochen und hatte sich mit den Händen auf dem Kinn auf den Bauch gelegt, während sie auf eine Antwort wartete.

Wie konnte sie diesen Mädchen sagen, dass sie erwischt wurde?

Dass sie nichts über Sklaverei wusste und dass dies als Spiel für sie begonnen hatte.

Susans Gedanken rasten und sie errötete tief, als die Mädchen sie anstarrten und auf eine Antwort warteten.

Samantha rettete sie:

"Ich glaube nicht, dass Susan eine Ahnung von all dem hatte, Schatz."

Susan schüttelte den Kopf und senkte die Augen.

Und Samantha flüsterte den anderen weiterhin verschwörerisch zu:

"Ich war vor dieser Woche noch nie ein Sklave gewesen." Er wandte sich an Susan und schenkte ihr ein beruhigendes Lächeln. "Mach dir keine Sorgen, Schatz, diese Mädchen werden wirklich keinen Spaß mit dir haben. Das überlassen wir den Meistern." Sie lachte.

"Auf keinen Fall! Ist das wahr?" Shaky sah Susan mit eifriger Neugier an.

Amy näherte sich auch: "Nun, nun, ein süßes unschuldiges Mädchen, das gedacht hätte, dass es das war, wonach Meister Robert suchte, überrascht, ihren Geschmack zu kennen."

Susan versuchte, ihre eigene Überraschung zu vermeiden, als sie über sie sprachen, aber sie spürte die Hitze der Röte, die ihre Wangen füllte.

Amy fuhr fort: "Dein Meister hat noch nie einen Sklaven als seinen eigenen genommen. Glaubst du, er wird dich behalten?"

Susan sah mit großen Augen auf und schrie:

"Behalte mich?" Sie schüttelte den Kopf. "Ich dachte, es würde ein lustiges Spiel werden, aber jetzt ist alles in meinem Kopf verschwommen. Mit euch allen hier scheint es das Normalste auf der Welt zu sein, aber ich weiß nicht wirklich, was ich die meiste Zeit mache."

"Oh halt die Klappe Schatz, alles ist in Ordnung." Samantha sagte mit einem Augenzwinkern: "Ich habe dich die ganze Woche beobachtet und du siehst mit jedem Tag erstaunlicher aus."

Shaky lächelte. "Du bist wirklich ein Neuling, nein! Nun, wenn er dich alle unsere Meister treffen lässt, hat er vor, dich für eine Weile in der Nähe zu halten." Shaky leckte Susans Wange und brachte sie zum Lachen. "Und es wäre schön, eine neue Spielkameradin zu haben, oder bevorzugen Sie Samantha?"

Amy sah vom Tisch herunter und schürzte die Lippen:

"Es gibt viele Sklavinnen im Club, die unter dem Tragen von Master Roberts Halskette leiden. Wenn er sich entscheidet, bei Ihnen zu bleiben, sollten wir in der Lage sein, die heulenden Schreie von allen zu hören." Sie lachte, klatschte in die Hände und nahm einen weiteren Schluck Wein ihres Meisters. "Ich würde gerne einige ihrer Gesichter sehen, wenn sie es herausfinden."

"Ich denke, was die Mädchen meinen, ist, dass es so aussieht, als ob Master Robert plant, Sie bei sich zu behalten." Anne blieb stehen, als sie die Angst in Susans Augen sah. "Du bist gern sein Sklave, oder?"

Susan war von der Frage überrascht.

Er mochte?

Sie biss sich auf die Lippe, als sie darüber nachdachte.

Sie hatte sich gesagt, dass sie ein gutes Mädchen war, das zur Sklaverei gezwungen wurde, aber wie konnte sie das diesen Mädchen sagen?

Ich wollte unbedingt fragen, wie sie zu Sklaven wurden.

Hatten sie die Möglichkeit zu entscheiden, ob sie ... zustimmten?"

Cinthia schnippte mit ihrem Pferdeschwanz, schnaubte leicht und legte den Kopf schief.

Amy rutschte zu Boden und zeigte mit dem Finger auf Cinthia und flüsterte:

"Ich weiß nicht, wie er das macht!"

Einen Moment später öffnete sich die Tür und die Kellner kamen, um den Tisch abzuräumen.

Jedes der Mädchen stand schweigend im Raum, während die Kellner schnell daran arbeiteten, den Tisch mit Obst und Käse zu füllen, und sie wieder in Ruhe ließen.

Wieder sahen alle anderen Mädchen Susan an und warteten immer noch auf eine Antwort.

"Ich weiß nicht, was ich tue, geschweige denn, was ich will", sagte Susan traurig. "Das ist anders als alles, was ich jemals zuvor erlebt habe. Ihr scheint alle so nett zu sein, ähm. Normal!" Cinthia schnaubte und hob eine Augenbraue. "Nun, du weißt was ich meine, für die normale Welt ist das Stereotyp eines Sexsklaven ..." Sie suchte nach dem richtigen Wort.

Sie gab auf und zuckte die Achseln.

"Oh, okay Puppe", Anne kam zu ihrer Verteidigung. "Wir kennen das Stereotyp, aber halten Sie Ihre Augen und Ihren Geist offen für alles, was Sie sehen und hören, und Sie werden feststellen, dass es auf dieser ganzen Welt nichts Normales gibt. Stellen Sie sich Sex als Eis vor, wenn alle Vanille mögen Was für eine langweilige Welt wäre das. "

Amy verdrehte die Augen und nickte Susan zu.

"Eis ist eine alte klebrige Analogie, aber sie funktioniert. Menschen mögen verschiedene Dinge, Essen, Autos, Kleidung und Sex. Ich würde sagen, Sie müssen selbst entscheiden, aber ich denke, diese Entscheidung wurde bereits für Sie getroffen."

Susan biss sich auf die Lippe und wollte protestieren, dass sie noch einen Tag Zeit hatte, um sich zu entscheiden, aber ihr Frühwarnsystem Cinthia brachte sie an ihren Platz zurück, als die Lords zu ihren Plätzen zurückkehrten und fröhlich über das Clubgeschäft und das Clubgeschäft sprachen gegenseitige Bekanntschaften.

Nach einigen Stunden, aber wahrscheinlich nicht mehr als einer, unterdrückte Amy ein Gähnen ohne großen Erfolg und lenkte die Aufmerksamkeit des Tisches auf sich.

Master James sah nach unten. "Nun, das bekommen Sie, wenn Sie nach dem Schlafengehen aufbleiben."

Er sah schmollend auf und begann zu protestieren. "Aber ..."

Ein strenger Blick ihres Meisters erstarrte auf ihrer Zunge und sie entschuldigte sich und kniete sich gerade hin.

James grinste und kräuselte seine Locken

"Warum fragst du nicht Meister Robert, ob du mit Susans Glocken spielen kannst, um dich noch eine Weile zu beschäftigen, und dann bringe ich dich nach Hause, Kleiner?"

Unfug leuchtete in ihren Augen, als sie aufstand und sich so süß zu Robert umdrehte und sagte.

"Oh bitte, Meister Robert, darf ich? Sie sind so hübsche Glocken und Sie haben so einen schönen Sklaven."

"Wie könnte ich zu so einem süßen Mädchen nein sagen?" Robert lächelte.

"Danke, Meister Robert, danke!" Amy sprudelte und verschwand unter dem Tisch, um zu Susan zu kriechen.

"Sieht so aus, als wäre sie jetzt wach." Alan lachte, als Shaky einen aufgeregten Schrei ausstieß und sich mit einem schnellen Ruck an seiner Leine beruhigte.

"Es scheint, dass sie alle mit dem neuen Mädchen spielen wollen." Murmelte Barry.

Robert lächelte sie an.

"Ich kann nicht sagen, dass ich ihnen die Schuld gebe, ich spiele wirklich gerne mit ihr."

Dies wurde mit viel Gelächter aufgenommen und er errötete erneut wütend unter der Kontrolle des Raumes.

Amy saß glücklich neben ihr und spielte mit Susans Brustwarzen und läutete die Glocken in verschiedenen Tempi, während das Gespräch um sie herum fortgesetzt wurde.

Sie spürte, wie ihr Meister mit ihrem Pferdeschwanz spielte und sah in ihre durchdringenden Augen.

Ihr Atem stockte und ihre eigenen Augen weiteten sich, als sie spürte, wie Amys Mund sich um ihre Brustwarze zusammenzog.

Als er mit seinen Fingern an den Glocken läutete, bewegte sich seine Zunge über ihren harten rosa Punkt.

Die Augen seines Meisters funkelten und die Ecken kräuselten sich zu einem Lächeln, das nicht nur auf seinem Mund zu finden war.

"Es scheint, mein Mädchen ist wie immer zu aufgeregt, ich fahre sie besser nach Hause oder sie wird zu nervös sein, um wieder zu schlafen. Komm Mädchen, lass uns dich nach Hause bringen." Master James stand auf, als er sprach.

Amy warf den Kopf zurück und ließ die Brustwarze los, die sie mit einem lauten Knall gepflegt hatte.

Er sah auf und fragte leise:

"Kann ich sie küssen, um mich zu verabschieden?"

"Ja Baby. Dann danke Meister Robert und wir werden gehen."

Amy legte eine Hand auf Susans Wange und die andere auf Susans Nacken und hielt sie fest, als sie seine Lippen auf ihre drückte.

Susan spürte die hartnäckige Zunge und teilte sanft ihre Lippen, als die Mollige sie sanft, aber tief küsste und ihren Mund mit einer flatternden Zunge erkundete, die Susan am Ende des Kusses atemlos machte.

"Tschüss mein neuer Freund, ich hoffe wir sehen uns noch oft. Du musst zu einem Spiel kommen, ich habe so viele tolle Spielsachen!" Sie wimmerte, als ihr Meister sich räusperte und aufstand. "Danke, dass ich mit Susan Master Robert spielen durfte."

"Gern geschehen, Schatz, schlaf gut. Dein mürrischer alter Meister sieht verstört aus."

Amy setzte ihr verführerischstes unschuldiges Gesicht auf. "Glaubst du das?" Er sah seinen Meister von oben bis unten an. "Vielleicht sollte ich mein Krankenschwesterset herausnehmen, wenn wir nach Hause kommen und es überprüfen."

"Oh, ich denke, das ist definitiv das, was du brauchst, Schatz. Jetzt geh und geh nach Hause."

James stöhnte. "Danke dafür, mein Freund, vielleicht kann ich das nächste Mal Susans Kopf mit Hausarbeiten füllen, um dich zu beschäftigen."

Amy lächelte und wandte sich an den Tisch. "Auf Wiedersehen, Meister und Mädchen."

Dann nahm er die Hand seines Meisters und führte ihn aus dem Raum, als er sich verabschiedete.

Steve lachte und sagte leise zu John:

"Oh, ich denke, es wird eine weitere denkwürdige Nacht für diese freche Göre."

John kicherte.

"Es sei denn, James beschließt, sie auf der langen Heimfahrt zu verprügeln."

"Cinthia und ich sollten jetzt auch auf dem Weg sein, ich möchte in den Reitclub gehen und wir haben viel Vorbereitung vor uns." Barry rumpelte in seinem tiefen Bariton-Ton.

Robert stand auf und lächelte.

"Oh ja, natürlich. Es war ein Glück, dass du zu unserem Wiedersehen in der Stadt warst. Danke, dass du gekommen bist, Barry."

Robert ging zur Wohnzimmertür, bevor er sich umdrehte und den anderen zeigte:

"Warum ziehen wir nicht zu den bequemsten Stühlen, wenn die Nacht näher rückt? Die Aussicht ist dort ziemlich gut."

Die Meister standen auf und folgten mit ihren Mädchen dahinter.

Anne drängte Susan, sich zu bewegen.

Er hatte Cinthia und sie mit ihren langen Beinen beim Gehen beobachtet, als ihm der Hinweis auf den Reitclub endlich in den Sinn kam.

Er sah die anderen Mädchen kritischer an, als sozusagen zu versuchen, ihre Qualitäten zu erkennen.

Shaky war ein entzückender Welpe und Anne war ein überschwängliches, sexy Mädchen, aber Samantha verwirrte sie.

Susan war verwirrt, das Mädchen laufen zu sehen, sie war so lustig, als wäre sie eine Ballerina.

Susan fühlte sich wieder einmal fehl am Platz, sie hatte nichts Besonderes an sich und sie musste viel lernen.

Sie erkannte, dass sie niemals so besonders sein konnte wie diese Mädchen und dass ihr Meister nur mit ihr gespielt hatte.

Damit erkannte er, dass er es nicht tun würde, er könnte sie nicht als seine Sklavin behalten, wenn er keine besondere Qualität hätte.

Sie fühlte eine Welle der Erleichterung in sich, dass sie sich nicht selbst entscheiden musste.

Aber schnell folgte der Empfindung ein Anflug von Traurigkeit.

Sie biss sich gedankenverloren auf die Lippe, folgte ihrem Meister zu seinem Stuhl und setzte sich neben ihn.

Sie schüttelte die Gedanken von ihrem Kopf zurück, als ihr Meister seine Hand noch einmal in ihren Pferdeschwanz schlang und ihn ansah.

"Hey John, lass dein Mädchen mir dienen, Bruder, dieser Sklave ist nutzlos für alles, was nicht in einer Flasche oder Dose kommt."

Steve stupste Shaky mit seinem Fuß an und sie knurrte ihn leise an und ließ ihn die Stirn runzeln.

Mit einem Nicken ihres Meisters ging Samantha mit tanzenden Füßen auf Meister Steve zu.

Sie drückte ihren Körper gegen ihn und leckte seinen Hals an sein Ohr, knabberte sanft und schnurrte:

"Meister, was willst du, dass dieser Sklave dich heute Nacht bekommt?"

"Ein Scotch bitte, Schatz."

Samantha entfaltete sich aus seinem Körper, drehte ihre Fußkugeln auf und rutschte in die Küche.

Sie säuberte ein neues Glas und drehte sich leicht um, um den Beobachtern einen Blick auf die sinnlichen, geschwungenen Umrisse ihres Körpers zu bieten, während er den Rand des Glases über die Schwellung ihrer Brüste schob, zitterte und tief atmete.

Susan sah sie fasziniert an.

Anne füllte das Glas zur Hälfte, bevor sie die Gefriertür öffnete und sich von der kalten Luft umhüllen ließ.

Diese Luft ließ ihre Brustwarzen hart werden und enthüllte ihre spitzen Spitzen deutlich unter dem feinen Seidenkleid, das sie trug.

Er griff nach Eis und ließ es mit einem scharfen Klirren ins Glas fallen.

Sie schloss die Gefriertür mit einer Hüftbewegung und lehnte sich zurück, schüttelte den Kopf und ließ ihre Haare in eine Welle dunkler Seide fallen.

Sie wandte sich an den Meister, ihre Brüste streiften seinen Arm und hoben das Glas zuerst an ihre Lippen, um den Rand zu küssen, schnurrte:

"Ihr Whisky, Master Steve, dieser Sklave hofft, dass Ihr Service Ihnen gefallen hat."

„Exquisiter Service wie immer und etwas Süßes. Kehre jetzt zu deinem Meister zurück, bevor ich vergesse, wem du gehörst. "

Susan war voller Ehrfurcht darüber, wie Samantha das Servieren eines Getränks so sinnlich machte.

Sie wollte das können und sah auf, um die Reaktion ihres Meisters zu sehen, nur um zu sehen, dass er sie genau beobachtete.

Seine Gedanken sprangen in seinen Kopf.

Wäre sie so lustig, ihm zu gefallen?

Vielleicht könnte sie lernen, so anmutig und attraktiv zu sein, und vielleicht würde der Meister dann bei ihr bleiben wollen.

Sie hatte sich davon überzeugt, dass er sie nach Ablauf der Woche wegschicken würde.

Als sie in ihr vorausschauendes Denken verwickelt war, fragte sie sich erneut: "War dies das Leben, das sie wollte, um als Sklavin besessen zu sein, um ihre Wahlfreiheit zu verweigern, indem sie all ihren Befehlen gehorchte? Konnte sie lernen, in gewisser Weise etwas Besonderes zu sein?" was würde ihm gefallen? "

Ihr Wunsch, ihm noch einmal zu gefallen, übertönte all ihre anderen Fragen und sie wandte ihre Aufmerksamkeit wieder den Lords zu, die im Laufe des Nachmittags weiter scherzten und der Himmel schwarz wurde.

Die Zwillingsmeister lehnten andere Getränke ab und behaupteten, sie hätten sich an diesem Abend im Club verlobt, und Alan erklärte auch, er freue sich darauf, den Club zu besuchen und zu sehen, was ausgestellt sei.

Robert weigerte sich, sich ihnen anzuschließen und behauptete, er habe noch Arbeit zu erledigen.

Er stand auf, um zur Besprechungstür zu gehen und unterhielt sich freundlich. Susan folgte ihr und dankte Anne schweigend für all ihre Unterstützung während des langen Nachmittags und Abends.

"Ah Schatz, es war nichts, wir waren alle irgendwann in diesem Lebensstil neu."

Anne küsste Susan auf die Wange und folgte Alan in den Fahrstuhl.

Als der Aufzug endlich geschlossen wurde, drehte sich Robert um und ging zurück ins Büro, zuversichtlich, dass sie folgen würde.

Als sie vor ihm kniete und sich auf ihren Fersen zurücklehnte, beugte er sich vor, um ihre Wange zu streicheln.

"Ich bin sehr zufrieden mit deiner Leistung heute, Mädchen."

Er beugte sich vor, um sie tief zu küssen und sie spürte, wie Schmetterlinge auf ihrem Bauch flatterten und eine Emotion über ihren Rücken lief.

Ich war glücklich!

Die Freude, die er fühlte, war spürbar, verbunden mit seinem Kuss.

Sie dachte an nichts anderes als daran, wie seine Worte und seine Berührung sie fühlen ließen.

"Jetzt, wo wir dafür gesorgt haben, dass du frei hast, werden wir ein Spiel spielen, Susy. Ich weiß, wie du Spiele magst." Er lächelte sie wissend an.

"Jawohl." Sie flüsterte.

Er hatte gehofft, dass das Verschwinden der Gäste es ihm ermöglichen würde, nach Hause zu gehen und sich zu entspannen.

Es war ein sehr langer Tag gewesen und sie war sehr verwirrt, mit all ihren Gedanken im Kopf.

Er machte weiter:

"Wir können heute Abend jeweils drei Fragen stellen. Sie können mir alles fragen, was Sie über unsere Gäste und den Nachmittag wissen möchten. Ich werde Ihnen Fragen zu dem stellen, was Sie hoffentlich gelernt haben. Und wie immer, wenn ich mit Ihren Antworten nicht zufrieden bin, wird dies Konsequenzen haben." .

Er wand sich und wusste, dass er den kleinen Details nicht genug Aufmerksamkeit schenkte und seine Gedanken wanderten oft.

Er hätte ahnen sollen, dass es einen Test geben würde, er testete ihn immer auf irgendeine Weise.

Aber sie nickte und flüsterte:

"Wenn ich liebe".

"Na dann, jetzt fangen wir an, gib mir den Namen jedes Gastes und seines Sklaven."

Er holte tief Luft und begann mit einem Zittern in seiner Stimme:

"Alan Clarkson und seine Sklavin Anne, Steve Goodman und seine Sklavin Shaky, John Goodman und seine Sklavin Samantha, James Smith und seine Sklavin Amy sowie Barry Collins und sein Mädchen Cinthia."

Sie biss sich auf die Lippe, ohne offiziell vorgestellt zu werden, sie hatte die Vornamen gehört und die Nachnamen durch ihr praktisches Wissen über die Notizen und E-Mails verknüpft, die sie ihnen als Assistentin geschickt hatte.

"Sehr beeindruckend", lächelte sie, "aber ich befürchte, dass als Sklave, der heute Abend Ihre einzige Rolle war, jeder als Meister behandelt werden sollte, gefolgt von seinem Vornamen." Er tätschelte ihren Schoß, als er sah, dass ihre Unterlippe fiel. "Auf meinem Schoß, kleine Susy."

Die schmerzhaften Striemen, die sie früher am Tag als Hure markiert hatten, waren längst verblasst.

Er fuhr mit seiner Hand sanft über ihren Hintern, bevor er ihn hart traf und beobachtete, wie der Handabdruck auf ihrer glatten Haut rosa zu leuchten begann.

Sie biss sich auf die Lippe und stöhnte, als sie ihre Beine bewegte.

In der Zwischenzeit senkte sich seine Hand noch viermal, einmal für jeden der Meister, die am späten Mittagessen teilgenommen hatten.

Einige Tränen liefen über ihre Wangen, mehr von Enttäuschung als von Schlägen, als er ihren Arsch berührte und vorschlug:

"Du bist dran".

Sie dachte und fragte:

"Jedes der Mädchen war auf einzigartige Weise etwas Besonderes, da Shaky ein Welpenmädchen war. Sind sie von ihren Meistern so ausgebildet oder sind sie natürlich so?"

"Einige Sklaven haben eine Vorliebe für eine bestimmte Rolle und werden von einem Meister übernommen und für seine Wünsche und Bedürfnisse geschult." Er hielt einen Moment inne, bevor er fortfuhr: "Einige Meister bevorzugen eine leere Leinwand und nehmen ein Mädchen und formen es nach ihren Wünschen. Für jede Möglichkeit muss das Mädchen jedoch eine natürliche Unterwerfung haben. Kraft Die Sklaverei gegenüber einem Mädchen verläuft nicht immer so gut, wie es sich ein Meister wünscht."

Seine Gedanken sprangen.

Wurde sie nicht gezwungen?

Es hatte als Spiel begonnen.

Sie hatte zugestimmt, seine zu sein und ihm eine Woche lang vollständig zu gehorchen.

Sie gab zu, dass sie nicht gezwungen worden war, es zu akzeptieren, aber sie wusste nicht wirklich, was sie akzeptierte.

Die Hand, die ihren Hintern streichelte, hörte auf, als er anfing zu sprechen und sie hörte aufmerksam auf seine nächste Frage.

"Erzählen Sie mir von den sechs Mädchen, die heute Abend hier sind, von jedem besonderen Talent, wie Sie es gesehen haben."

Er wusste, dass es nur fünf Mädchen gab, aber er mochte es nicht, ihn zu korrigieren, während er sich in einer so verletzlichen Position befand, also fing er an:

"Shaky ist sehr welpenhaft. Ich denke, Cinthia ist ein Pony. Amy ist sehr kindisch. Anne ist eine vollbusige blonde Bombe. Samantha hat mich verblüfft, aber ich denke, sie ist Tänzerin und bewegt sich sehr anmutig.

Sie drehte den Kopf, um ihn hoffnungsvoll anzusehen.

Er schlug zweimal hart auf ihren Arsch.

"Anne, wie Sie, meine kleine Susy, wird durch Schmerzen auf eine Weise erregt, die die meisten Sklavinnen nicht genießen. Samantha zum Beispiel wird überhaupt nicht durch Schmerz oder Bestrafung erregt. Ihr Vergnügen kommt vom Gefallen Sein Meister. Und er glänzt in der Art, wie er dient und tanzt. Sein Meister folgt der Lebensweise der Orientalen. " Seine Hand schwebte wieder und er hob eine Augenbraue. "Und die sechste?"

Sie biss sich mit gerunzelter Stirn auf die Lippe, als ihre Gedanken rasten, um herauszufinden, wen sie in ihrer Antwort vermisst hatte.

Sie beobachtete sein Lächeln, als seine Hand wieder abstieg.

Sie schrie und platzte heraus:

"Ich verstehe nicht, da es nur fünf Mädchen gab."

Er schlug sie erneut, als sie antwortete:

"Du hast den wichtigsten Sklaven vergessen, meinen!" Seine Hand senkte sich wieder, um seinen Standpunkt zu markieren. "Du warst da, nicht wahr?"

Sie drehte sich um und schrie:

"Ja, Meister, aber ich bin nichts Besonderes, ich habe keine besonderen Talente."

Sie senkte den Kopf und ließ Tränen fallen.

Ihr Herz setzte einen Schlag aus, sie war wirklich so unschuldig und naiv, so besonders in ihrem Bedürfnis zu gefallen und zu dienen, dass sie alle Forderungen, die er an sie gestellt hatte, ertrug und seine Strafen fast bereitwillig akzeptierte.

Sie war mit ihrer errötenden und süßen Art der Inbegriff von Naivität und sie merkte es nicht einmal.

Seine süße kleine Prinzessin in der Öffentlichkeit und seine schmerzliebende Hure privat, wenn er es wollte.

"Habe ich dir nicht die ganze Woche gesagt, dass du etwas Besonderes bist? Was ist das Besondere an meinem Wunsch nach dir und der Notwendigkeit, Herr über dich zu sein? Nachdem ich einige meiner Freunde getroffen habe, denkst du, ich würde sie einem Sklaven vorstellen, der es nicht war Besondere?" Fast hätte er den letzten gebrüllt, was sie erschaudern ließ und ihre Gedanken verwirrt wurden.

Susan stöhnte.

"Ja Meister, ich meine kein Meister, Oh ...", schrie er, "ich weiß nicht was ich meine."

Seine Hand senkte sich weiter auf ihren jetzt roten Arsch und ließ sie mehr stöhnen. Die Hitze, die durch ihren Körper strömte, als er sie verprügelte, ließ ihn ihren Bauch über seinen Schoß reiben, als er spürte, wie ihre Härte wuchs und ihre Muschi an seinem Oberschenkel rieb.

Sie schloss die Augen und schnappte nach Luft.

Die Hitze, der Schmerz und das Gefühl von ihm ließen Krämpfe durch ihren Körper strömen.

Gerade als sie kommen wollte, hörte er auf, seine Hand schwer auf ihren Rücken zu legen und hielt sie fest, damit sie sich nicht bewegen konnte.

"Und deine nächste Frage ist ..."

Er konnte nicht klar denken, sein Bedürfnis zu kommen war so dringend, dass sein Körper zitterte und er stöhnte.

"Was willst du gerade und musst eine kleine Schlampe fragen?"

Sie spürte, wie die intensive Scham sie bedeckte, als sie ihr Bedürfnis ausdrückte:

"Bitte Meister, ich muss kommen, lass mich kommen."

Es war das erste Mal, dass er sie fragen ließ und es war wie eine letzte Hürde, dass sie mühelos gesprungen war.

Er hob seine Hand in Bewegung und fing wieder an, die festen runden Wangen zu peitschen, wobei seine Hand von der roten Oberfläche abprallte, als sie gegen seinen Oberschenkel und seinen Schwanz knallte.

Er wollte sie so sehr, dass er bezweifelte, dass er die Woche warten konnte, um sie zu nehmen, aber er musste warten, um sicherzustellen, dass sie bleiben würde.

Sie versteifte sich und stieß ein langes, keuchendes Kreischen aus, als sie den Kopf schüttelte und vor Schmerz und Vergnügen schwamm.

Ihre Muschi pochte mit dem dringend benötigten Sperma, das wie Schüsse durch ihren Körper zu strömen schien, als würde sie noch lange abspritzen.

Schließlich fiel sie schlaff auf seinen Schoß.

Er hob sie hoch und wiegte sie in seinen Armen.

Als sie ihren zitternden kleinen Körper wiedererlangte, kuschelte sie sich in seine Arme.

Er lächelte.

"Es scheint, dass Prügel keine große Strafe für dich ist, meine kleine Schmerzschlampe. Jetzt hast du nur eine Frage gestellt, also bin ich wohl wieder an der Reihe."

Sie sprang und schnappte nach Luft, als sie bemerkte, dass das Spiel noch nicht vorbei war und schüttelte den Kopf, um ihre Gedanken zu klären.

Er umfasste sein Kinn und hob seinen Kopf, um in ihre Augen zu schauen.

"Wie lang ist eine Woche, Susy?"

Die Frage überraschte sie, sie biss sich auf die Lippe und dachte, dass es eine alternative Antwort auf die offensichtliche geben muss, aber sie konnte sich keine vorstellen, also flüsterte sie:

"Sieben Tage".

Er lächelte, als er den Beginn des Verstehens auf ihrem Gesicht beobachtete.

"Du hast es in der ersten Hälfte deiner Woche gut gemacht, mein kleiner Sklave." Sagte er und vergewisserte sich, dass sie seine volle Bedeutung verstand.

"Sieben Tage."

Wiederholte sie flüsternd.

Ihre Gedanken wanderten zu den Plänen, die sie gemacht hatte, um an diesem Wochenende bei ihren Eltern zu sein, um bei einer

Jubiläumsfeier zu helfen, und sie begann sich besorgt auf die Lippe zu beißen.

Er beobachtete sie genau, bevor er fragte:

"Deine letzte Frage, Susy?"

Sie sah ihn mit besorgten Augen an und flüsterte:

"Ich dachte ... ich meine, ich nahm an ... ähm ..."

Sie schaute auf sein Gesicht, ohne etwas in seinen Augen zu lesen, um ihr zu sagen, dass sie angenommen hatte, dass ihre Woche eine Arbeitswoche sein würde, nur fünf Tage, also wagte sie zu fragen:

"Haben die Sklaven freie Wochenenden?"

ENDE